SIDONIE GABREILLE COLETTE

순수와 비순수

시도니 가브리엘 콜레트 지음 · 권예리 옮김

LE PUR
ET
L'IMPUR

LA LITTÉRATURE FRANÇAISE   ROMAN   1984BOOKS

순수와 비순수

시도니 가브리엘 콜레트 지음 · 권예리 옮김

나의 개인적인 소망에 따라 원제 '이 쾌락들...'을 '순수와 비순수'로 바꾼다.

그 이유를 설명해야 한다면, 내가 말할 수 있는 것은 다만 수정처럼 맑은 음색에 대한 강한 애착이라든지, 끝맺지 않은 제목의 경계에 놓인 말줄임표에 대한 어떤 반감이라든지, 결국 그리 중요하지 않은 이유들이다.

- 콜레트

샤를로트

새 건물 꼭대기 층의 문이 열리자 반 층 높이의 커다란 회랑을 갖춘, 널찍한 아틀리에가 보였다. 날린 듯 큼지막하고 아름답게 수놓아진 문양이 가득한, 중국에서 서구 수출용으로 제조한 천들이 벽에 드리워져 있었다. 그밖에는 그랜드 피아노 한 대, 얇은 일본식 요 몇 장, 전축, 철쭉 화분들이 있을 뿐이었다. 나는 저널리스트이자 소설가인 동료와 익숙하게 악수를 하고 이 모임을 연 낯선 사람들과 묵례를 주고받았다. 다행히 그들도 나만큼 비사교적인 듯했다. 지루해할 각오가 되어 있었던 나는 홀로 타오른 아편 연기가 유리창까지 힘겹게 날아 올라가는 모습에 안타까워하며 작은 1인용 요 위에 앉았다. 연기는 마지못해 유리창에 도달했다. 싱싱한 송로와 구운 카카오 열매처럼 식욕을 돋우는 아편 향을 맡으니 나는 인내심이 생겼고 어렴풋이 허기가 졌으며 낙관적인 기분까지 들었다. 전등갓에 가려진 희미한 붉은 빛, 아편용 램프에서 타오르는 아몬드 모양의 하얀 불꽃이 마음에 들었다. 아편용 램프 하나는 아주 가까이에 있었고, 다른 두 개는 멀리 기둥으로 받쳐진 회랑 아래 움푹 들어간 알코브[1]에 도깨비불처럼 띄엄띄엄 놓여 있었다. 한 젊은이가 벽걸이 램프들의 붉은 빛을 받으며 난간 너머로 고개를 숙였고, 흰 옷소매가 떠다니다가 사라졌다. 물에 빠진 사람처럼 착 달라붙은 황금빛 머리칼이, 하얀 비단에 덮인 팔이 여자의 것인지 남자의 것인지 미처 알아보기도 전에.

"구경하러 왔소?" 동료가 내게 물었다.

그는 요 위에 드러누워 있었다. 턱시도 대신 자수 기모노를 입은 채로 아편 중독자 같은 여유로움을 걸치고 있었다. 타국에서 꼭 곤란한 순간에 마주치고야 마는 프랑스인을 대할 때처럼, 나는 그에게서 멀리 떨어지고 싶을 뿐이었다.

"아니요. 일 때문에 왔습니다." 내가 대답했다.

그는 미소 지었다.

"그럴 거라 생각했소… 소설 쓰려고?"

나는 그가 한층 더 싫어졌다. 그는 내가 향락을 누릴 줄 모른다고 생각했고, 그건 사실이었기 때문이다. 약간 저속하지만 고요한 쾌락, 일종의 속물근성, 허세, 진실되기보다 가식적인 호기심에서 비롯한 쾌락을. 내

---

1 귀부인들이 손님을 맞이하던 내실 겸 살롱

가 이곳에 가져온 것이라고는 내 마음을 잠시도 가만히 두지 않는, 잘 감춰진 불쾌감과 무섭도록 차분한 감각뿐이었다.

내가 모르는 손님 중 한 명이 일어나 아편을 피우거나 코카인을 하거나 칵테일을 마시지 않겠느냐고 권했다. 내가 거절할 때마다 그는 손을 가볍게 들어 실망스러움을 표했다. 결국 그는 담뱃갑을 내밀며 영국인다운 입을 벌리고 미소 지으며 말했다.

"정말로 제가 도울 일이 없을까요?"

나는 사양했고 그는 더 권하지 않았다.

그로부터 15년이 넘게 흐른 지금까지도 기억난다. 그 젊은 영국인은 잘생기고 건강해 보였다. 오래되고 상습적인 불면증을 앓은 사람처럼 뻣뻣해진 눈꺼풀 사이로 두 눈을 지나치게 크게 뜨고 있었다는 점만 빼면.

어느 젊은 여인이 내 존재를 의식하고서는, 나를 코앞에서 정면으로 노려봐야겠다며 멀리서 고집을 부렸다. 그 여인은, 적어도 내가 보기에는, 취해 있었다. "저 여잘 똑바로 봐야겠어." 하지만 그런 활기찬 사건은 일어나지 않았다. 불그스름한 어둠 속에서 어렴풋이 보이던, 진지하게 아편을 피우던 사람들이 그녀를 진정시켰다. 그들 중 하나가 그녀에게 잘게 뭉친 아편 덩어리를 주었던 것 같다. 그녀는 젖을 빠는 짐승의 새끼처럼 작은 소리를 내며 열심히 씹어 댔다.

전혀 지루하지 않았다. 내가 피우지 않는 아편의 향이 이 평범한 장소를 감돌았기 때문이다. 두 젊은 남자가 머리를 바싹 맞대고 있어 내 동료 저널리스트의 관심을 끌었지만, 그들은 그저 낮은 목소리로 빠르게 이야기를 나눌 뿐이었다. 그들 중 한 명은 연신 코를 훌쩍였고 소매로 눈을 훔쳤다. 우리를 감싼 붉은 어둠은 가장 강한 의지조차 마비시킬 것만 같았다. 나는 아편굴에 있었다. 눈앞의 광경에, 그리고 그것을 묵인하는 자신에 대해 지속적인 혐오를 느끼게 만드는 그런 모임은 아니었다. 나는 즐거웠고, 여자든 남자든 나체로 춤을 추며 이 밤을 망치지 않기를, 술 취한 미국인들이 우리를 위협하지 않기를, 심지어 죽음기마저 고요해지기를 바라고 있었다. 바로 그때, 어느 여인이 보드라운 껍질의 단단한 복숭아처럼 강하고 달콤한 목소리로 희미하게 노래를 부르기 시작했다. 어찌나 황홀하던지, 사람들은 박수는커녕 작은 중얼거림조차 자제했다.

"당신인가요, 샤를로트?" 잠시 후, 내 옆에 꼼짝 않고 누워 있던 사람들 중 하나가 물었다.

"네, 저예요."

"샤를로트, 조금만 더 불러 주실래요…"

"안 됩니다." 한 청년이 분노에 차서 외쳤다. "노래 부르러 온 게 아니라고요."

'샤를로트'의 탁하고 모호한 웃음소리 뒤로, 화가 난 청년이 멀리 불그스름한 빛 속에서 속삭이는 소리가 들렸다.

새벽 2시쯤 불면증에 시달리던 젊은 영국인이 우리에게 마치 꽃처럼 향이 짙고 색이 열은 중국차를 따라 주고 있을 때, 여자 한 명과 남자 두 명이 들어왔다. 그들은 아틀리에의 냄새나는 뿌연 공기에 외투의 털 사이로 엉겨 붙은 밤의 한기를 불어넣었다. 새로 온 남자 중 하나가 '샤를로트'가 여기 있느냐고 물었다. 홀의 저쪽 끝에서 찻잔이 깨졌고, 화가 난 청년의 목소리가 다시 들렸다.

"네, 있습니다. 나랑 같이 왔으니 다들 신경 끄시죠. 가만 놔두세요."

새로 온 남자는 어깨를 으쓱하고 마치 싸울 것처럼 안쪽에 털을 덧댄 외투와 턱시도를 벗어 바닥에 던졌다. 하지만 그저 검은 기모노를 걸치더니 파이프들이 놓인 쟁반을 향해 돌진하여 연기를 들이마시는 데에 그쳤다. 그 모습이 불쾌할 정도로 열정적이어서 샌

드위치, 차가운 송아지 고기, 붉은 포도주, 삶은 달걀 등 그의 식탐을 채워 줄 어떤 음식이든 대령하고 싶은 심정이었다. 그와 함께 온 모피 코트 입은 여자는 아까 그 취한 젊은 여인에게 갔고 그녀를 '나의 예쁜이'라 불렀다. 두 사람의 우정을 의심할 겨를도 없이, 그들은 곧바로 함께 잠들었다. 한 명의 배가 다른 한 명의 엉덩이에 꼭 들어맞아 그 모습은 마치 식기 보관함에 반듯이 꽂힌 채로 반짝이는 은수저 한 쌍을 보는 것 같았다.

밀폐된 공간의 열기에도 불구하고 유리 천장에서 찬 기운이 내려와 이 밤이 끝나 가고 있음을 알렸다. 나는 외투를 단단히 여미고 음침한 향내와 늦은 시간으로 인한 무기력함이 나를 잠 못 들게 하는 것에 한탄했다. 그곳에 드러누워 있었던 현자들과 버림받은 이들처럼 근심 없이 잠들 수도 있었다. 하지만 테라스나 솔잎 더미 위라면 마음 놓고 자겠지만, 낯설고 밀폐된 장소에서는 의심이 피어오르기 마련이다.

왁스를 칠한 좁은 나무 계단이 누군가의 발걸음으로 삐걱거렸고, 그다음에는 위층의 회랑이 삐걱거렸다. 천이 구겨지는 소리, 쿠션이 부드럽게 떨어지며 바닥이 살짝 울리는 소리가 나더니 다시 침묵이 흘렀다. 그런데 이 고요함 가운데에서 어느 여자의 목에서 들릴

듯 말 듯 한 소리가 새어 나오고 있었다. 흐리듯 탁하다가 맑아졌고, 되풀이함으로써 명징하고 풍부해졌다. 마치 밤꾀꼬리가 반복해 쌓아 올린 꽉 찬 음들처럼. 그러다 어느 순간 무너져 룰라드[2]처럼 떨며 스러져 버렸다... 위층에서 한 여자가 온몸으로 퍼지는 쾌락에 맞서 싸우며 그것의 종말과 파멸을 향해 치달았다. 처음에는 고요했던 리듬이 매우 조화롭고 규칙적으로 빨라져서 나도 모르게 선율만큼이나 완벽한 박자에 맞춰 고개를 좌우로 흔들고 있었다.

옆에서 누군가가 반쯤 몸을 일으키고 혼잣말을 했다.

"샤를로트로군."

잠든 젊은 여자 둘 다 깨지 않았다. 서로 비슷비슷해 보였던 젊은 남자 중 누구도 조용한 흐느낌으로 부서지는 목소리를 듣고 크게 웃거나 손뼉을 치지 않았다. 위층의 모든 소리가 잠잠해졌다. 아래층의 현자들은 모두 함께 겨울 새벽의 한기를 느꼈다. 나는 털을 덧댄 외투로 몸을 다시 감싸고 꼭 여몄다. 근처에 누워 있던 사람은 수놓인 천 자락을 어깨에 덮고 눈을 감았다.

---

2 여러 음을 한꺼번에 연주하는 장식음을 가리키는 음악 용어. 트릴보다 오래 지속된다. 벨리니의 오페라, 쇼팽의 녹턴에 자주 쓰였다.

저쪽 비단 전등갓 가까이에서는 두 여인이 계속 잠든 상태로 서로에게 더욱 가까이 붙었고, 등유 램프의 작은 불꽃들이 유리창에서 내려오는 찬 공기의 무게에 짓눌린 채 타오르고 있었다.

나는 오랫동안 움직이지 않아 기운 빠진 상태로 일어나서 내가 넘어가야 하는 요와 몸통의 수를 눈으로 헤아리고 있었다. 그때 나무 계단이 다시금 삐걱거렸다. 어두운색 외투를 입은 여자가 현관문에 이르러 장갑 단추를 잠그느라 걸음을 멈췄다. 그녀는 조심스럽게 베일을 턱 아래까지 내리고 열쇠가 쨍그랑거리는 가방을 열었다.

"무서워… 항상…" 그녀는 낮은 목소리로 혼잣말을 하다가 내가 나가려는 것을 보고 미소 지었다.

"마담도 지금 가세요? 야간 전등을 이용하시려면… 제가 안내할게요. 스위치가 어디 있는지 알거든요."

문밖의 계단에서 그녀는 거슬릴 정도로 환한 전등을 켰고, 나는 그녀를 더 자세히 볼 수 있었다. 그녀는 키가 크지도 작지도 않았으며 살집이 있었다. 짧은 코와 통통한 얼굴이 르누아르[3]가 좋아했던 모델들, 1875년 즈음의 미인들을 닮았다. 어딘가 시대에 뒤떨어져 보

---

3 Pierre-Auguste Renoir(1841~1919). 프랑스 인상주의 화가

이는 여우 털 깃이 달린 올리브색 외투에 18년 전에 유행했던 작은 모자를 썼는데도 말이다. 아마 마흔다섯 살쯤 되지 않았을까. 여전한 젊음을 간직하고 있던 그녀는 계단 모퉁이에서 커다란 눈동자를 들어 나를 보았다. 그 부드러운 눈동자는 회색이었는데 그녀가 입은 외투의 초록빛도 살짝 비쳤다.

자유롭고 신선하고 아직 컴컴한 밤공기가 내 갈증을 풀어 주었다. 화창한 아침을 향한, 그리고 들판과 숲으로, 하다못해 가까운 불로뉴 숲으로라도 도피하고픈 일상적인 갈망 때문에 나는 보도 가장자리에서 머뭇거렸다.

"차는 없으세요?" 그녀가 말했다. "저도 없어요. 하지만 여긴 이 시간엔 늘 차들이 있죠..."

그때 불로뉴 숲 쪽에서 온 택시가 속력을 늦추더니 멈췄고 그녀는 비켜섰다.

"어서 타세요, 마담..."

"아닙니다. 먼저 타시죠..."

"그건 안 됩니다. 그럼 댁에 내려 드리게 해 주세요..."

그녀는 말을 멈추고 몸짓으로 결례에 용서를 구했다. 나는 곧바로 알아듣고 말했다.

"아뇨, 전혀 결례가 아닙니다. 저는 멀지 않은 곳에 살아요, 저 바깥쪽 큰길가에…"

우리는 택시를 탔고 택시는 오던 방향으로 돌아갔다. 미터기의 삐딱한 작은 불빛이 줄곧 그녀의 얼굴을 비췄다. 그녀에 대해 내가 아는 것이라고는 진짜인지 가짜인지 모를 이름 하나뿐이다. 미지의 여인, 샤를로트…

그녀는 나오는 하품을 감추며 속삭였다.

"저는 더 가야 해요. 리웅드벨포르에 살죠… 너무 피곤해요…"

나는 본의 아니게 미소를 지었던 것 같다. 그녀가 당황하는 기색 없이 나를 보며, 부르주아적인 상냥함으로 이렇게 말했기 때문이다.

"아, 나를 보며 웃으시는군요… 무슨 생각 하시는지 잘 알아요."

그녀의 매력적인 목소리, 몇몇 음절의 거친 발화, 문장의 마지막을 저음으로 내리까는 체념적이며 감미로운 말버릇… 어찌나 매혹적이던지! 샤를로트 오른편의 열린 창문으로 바람이 다소 평범한 향수 내음과 건강하고 강렬한 체취를 몰고 왔다. 하지만 식은 담배 냄새가 그것을 망쳤다.

"참 안 됐어요…" 그녀가 입을 열어 무턱대고 말했다. "불쌍한 그이…"

나는 순순히 물었다.

"어떤 불쌍한 사람이죠?"

"못 보셨나요? 아, 못 보셨을 수도 있죠… 그런데 그이가 난간에서 몸을 구부렸을 때 마담은 이미 와 계셨어요. 흰 기모노를 입은 사람이었어요."

"머리카락이 금발인?"

"맞아요." 그녀는 부드럽게 내뱉고는 덧붙였다. "그 사람이에요. 그이 때문에 걱정이 이만저만이 아니에요."

나는 전혀 나답지 않게 장난기 어린 미소를 지었다.

"걱정뿐만은 아니지요?"

그녀는 어깨를 으쓱했다.

"마음대로 생각하셔도 돼요."

"그 청년이 바로 마담이 노래하지 못하게 막은 사람이죠?"

그녀는 심각한 표정으로 끄덕였다.

"네. 질투를 하더군요. 제 목소리가 예쁜 편은 아니지만, 노래는 잘해요."

"사실 저는 방금 정반대로 말하려 한걸요. 마담의

목소리는 인상적이에요…"

그녀는 다시 어깨를 으쓱했다.

"좋으실 대로요. 누구는 이렇게 말하고 누구는 저렇게 말하고… 문 앞에 도착하기 전에 택시를 멈출까요?"

나는 사려 깊은 그녀의 팔을 잡았다.

"천만에요. 괜찮아요"

그녀는 너무 조심스럽게 군 것을 조금 후회하는 듯, 나에게 물어보는 척하며 비밀을 털어놓았다.

"이따금 아편을 조금 피우는 일이, 폐가 약한 청년에게 그렇게까지 나쁘진 않겠죠?"

"네, 그리 나쁘지는 않을 것 같은데요…" 나는 모호하게 말했다.

그녀의 길고 통통한 목에서 깊은 한숨이 올라왔다.

"정말 걱정이에요. 2주 동안이나 약을 제때에 챙겨 먹고, 붉은 고기도 자주 먹고, 창문을 연 채로 푹 잤으면, 이따금 상을 줄 만하지 않나요?"

그녀가 낮고 둔탁하지만 조화로운 웃음소리를 냈다.

"그이는 이걸 방랑하다고 여겨요… 자부심이 강한 사람이죠…" 그녀가 활기차게 말했다. "마담, 댁 앞에 청소부들이 있는데 저들이 보는 데서 내려도 되시겠어요? 괜찮다고요? 다행이에요. 자유롭다는 건 참 좋은 거죠. 전… 전 자유의 몸이 아니랍니다."

그녀는 갑자기 굳어진 표정으로 멍하니 내게 손을 내밀어 속물적이고도 귀여운 눈웃음을 지었다. 바닷물이 밀려왔다가 떠나갈 때 땅에 남기는 웅덩이처럼 초록빛이 섞인 커다란 눈으로.

한동안 샤를로트를 다시 보지 못했다. 적어도 그녀를 만날 거라 생각한 장소, 이를테면 센 강 좌안[4]의 결혼 미사에서나 파리에서 지방색을 견고하게 보존한 가족들이 사는 낡은 아파트에서도, 나는 그녀를 찾으려 하지 않았다. 구움 과자로 뒤덮인 육각형의 작은 탁자 옆에 샤를로트가 있는 것이 지극히 자연스럽다고 생각했다. 올리브색 외투를 입고, 작은 모자는 눈 위로 기울이고, 베일은 블라인드처럼 코 위로 올린, 향이 날아간 차가 담긴 찻잔을 두 손가락 사이에 들고 앉아 있는 그녀. 나는 그녀를 보았고, 그녀를 만들어 냈고, 나이 지긋

---

4 파리를 가로지르는 센강의 왼쪽 연안으로 역사적으로 화가, 음악가 등 예술가와 지식인이 많이 모이던 지역이다.

하고 까다로운 여주인들마저 설득시킬 법한 겸손하고 진실된 그녀의 말투를 들었다. "저는 말이에요, 제 생각을 말씀드리자면…"

잘 모르는 상대에게 우리가 품는 동경과 신비가 사라질까 두려웠으므로 나는 그녀를 찾지 않았다. 하지만 어느 자선 단체를 위해 책을 팔고 있던 날, 그녀가 나타났을 때, 나는 놀라지 않았다. 그녀는 극도로 조심스러운 미소를 띠고 나에게서 책을 한 권 샀다.

"마담, 사인해드릴까요?"

이렇게 묻자 내 열의가 그녀를 조금 놀라게 한 듯했다.

"아, 좋죠… 너무 부담되지 않는다면요…"

"전혀 아닙니다… 누구 앞으로 할까요?"

"음… 그냥 '마담 샤를로트에게'라고 써 주세요…"

지나치게 예의를 차린 대화 끄트머리에 샤를로트는 내가 기억하고 있던 웃음소리를 덧붙였다. 어둠 속 산비둘기 같은, 밤에 우는 올빼미의 언어만큼 부드러우면서도 날카로운 저음의 웃음소리를…

내가 경솔하게 물었다.

"혼자 오셨나요?"

"저는 혼자일 때만 외출한답니다." 샤를로트가 대답

했다. "그곳에 다시 안 오신 것 같던데요..."

그녀는 방금 산 책의 페이지를 넘기며 낮은 목소리로 말했다.

"일요일 밤이면 **다들** 거기로 와요..."

나는 샤를로트를 다시 보는 즐거움을 누리기 위해 이 은근한 초대를 받아들였다. 막상 가 보니 기대했던 것보다 훨씬 더 즐거웠다. 기차역처럼 친절하면서도 불친절한 아편굴 속에 그녀가 혼자 있었기 때문이다. 회랑 아래에 쌓인 붉은 그림자들 속에서 그녀 곁에 붙어 불같이 화내며 감시하는 청년이 없었다. 약간 통통해도 맵시가 좋았던 샤를로트는 아편굴에서 다들 입는 기모노 대신 검은 옷차림을 하고 있었다. 모자를 쓰지도 않았다. 그녀는 마테차를 마셨고, 노란색과 검은색이 섞인 호박 껍데기에 차향과 꽃 핀 초원의 향이 나는 음료를 담아 내게 건네줬다.

"봄비야 빨대를 쓰세요. 방금 끓는 물에 담갔어요." 그녀가 나에게 끝부분에 찻잎을 거르는 망이 달린 대롱을 주며 말했다. "잘 지내셨나요? 허리 뒤에 쿠션을 대실래요? 오늘 저녁은 제법 조용하죠. 여자들이 없어요. 저쪽, 저 안쪽 깊숙이엔 영국인들, 아편만 피우러 오는 과묵한 사람들이 있고요."

샤를로트의 편안한 호의와 탁한 목소리, 그리고 회녹색 눈동자는 딱딱하게 굳은 사람의 마음도 열 만한 것이었다. 통통한 팔, 말없이 능수능란하게 행해지는 속된 몸짓 하나하나는 그녀의 불같은 젊은 애인에게 얼마나 깊은 함정일까!

"혼자 오셨군요, 마담 샤를로트?"

그녀는 차분하게 고개를 끄덕여 그렇다고 답했다.

"쉬러 왔지요." 그녀는 그렇게만 말했다. "집에서 쉬면 되지 않느냐고 말씀하실지 모르겠지만... 원래 자기 집에서는 푹 쉬지 못하니까요."

그녀는 당당하고 호의적인 눈길로 아편 냄새를 길게 들이쉬고 내쉬며 바로 옆에서 서성거렸다. 나 역시 아편을 피우지 않는 사람들만의 방식으로 아편의 향을 즐겼다.

"여긴 누구 집인가요?" 나는 물었다.

"사실 저도 몰라요." 샤를로트가 말했다. "화가들을 통해 여길 알게 됐어요. 누구 집인지 알고 싶으세요?"

"아니요."

"당신이 그런 걸 물어봐서 놀랐어요... 내가 누구 집에 와 있는지 모른다는 건 참 유쾌한 일이죠..."

그녀는 나를 보며 신뢰의 미소를 지었다. 그녀가 한

층 자유로울 수 있도록, 나는 그녀가 내 이름조차 모르기를 바랐다.

"마담 샤를로트, 그 젊은 애인께서 편찮으신 건 아니죠?"

"다행히 그런 것은 아니에요. 시골 부모님 댁에 갔어요. 일주일 뒤에 돌아오죠..."

샤를로트는 조금 침울해져서 연기가 자욱해 불그스름해진 공간 안쪽으로 시선을 돌렸다.

"애인이란 게 얼마나 골치 아픈지!" 그녀는 한숨을 쉬었다. "거짓말하는 건 정말 별로거든요."

"거짓말이라뇨? 어째서? 그를 사랑하잖아요?"

"물론 사랑해요."

"그런데 왜..."

샤를로트는 상사가 부하를 매섭게 바라보듯 나를 보았고, 잠시 후 눈길을 누그러뜨렸다.

"제가 아무것도 몰라서라고 해 두죠." 그녀가 공손하게 말했다.

하지만 나는 그녀가 젊은 애인에게 주었던, 한 편의 소설 같은 선물을 떠올렸다. 절반만 허락된 쾌락, 억수 같은 흐느낌의 절정에서 위태롭던 균형이 깨질 때까지 같은 음을 되풀이하며 점점 길어지고 빨라지던 꽉 찬

음표가 만들어 내는 밤꾀꼬리 같은 신음... 바로 그것이 그녀의 비밀이자, 감미롭고 은혜로운 거짓말임이 분명했다. 나는 그녀의 젊은 애인이 무척 행복할 것이라 생각했다. 까탈스럽고 허약한 청년에게 인간이 인간에게 줄 수 있는 가장 고귀한 찬사를 안겨 주기 위해 세심하게 애쓰는 상대의 속임수가 얼마나 완벽한지를 기준으로 행복을 가늠한다면 말이다.

다정한 위선, 배려, 자기희생에 몰두한 여성스러운 정령이 남자들의 든든한 친구인 샤를로트라는 구체적인 인간 속에 살고 있었던 것이다. 그녀는 자리에 앉아 두 다리를 쭉 뻗고는 내 곁에서 한가롭게 기다리고 있었다. 가장 사랑하는 이를 위해 그녀에게 지워진 임무, 일상의 기만이 다시 시작되기를. 정중한 거짓말, 사랑의 불꽃으로 유지되는 기만, 보상을 바라지 않는 조용한 위업... 오직 우연, 익명, 그리고 그녀의 애인이 방탕하다고 말했던 분위기만이 우리의 주인공 샤를로트를 해방시켰다. 그녀의 침묵이 전혀 거북하지 않았다. 나는 그녀를 잘 몰랐지만 마치 그녀에게 모든 것을 고백하고 난 사람처럼 아무 말 없이 그녀 옆에 있었다... 그녀 곁에 있으면 스쳐 간 지난 인연들이 기억 속 깊은 곳에서 떠올랐다. 걸핏하면 희미해졌다가 다시 선명해지는 유령들. 도무지 파악할 수 없는, 감춰진 암초 같은 인간의 육체에 이마를, 옆구리를 세게 부딪혔다가 제대로 회복하지 못한 불안한 유령들… 그들은 샤를로트를 알아봤다. 그녀처럼 그들도 안전할 때만, 그러니까 주인 모를 장소에서 모르는 사람들에게만 입을 열었다. 음흉한 귀가 – 때로는 나의 귀도 – 주변을 향해 열렸다. 그들은 먼저 이름을 말했다. 자유롭게 고른 가명들이었다. 뒤이어 그들을 짓누르고 있던 모든 욕망들이 튀어나왔다. 이를테면 정욕, 더 많은 정욕, 정욕의 불가사의, 정욕의 배신, 정욕의 실패, 정욕의 급습 같은 것들이… 포도주 향이나 열기 혹은 아편 냄새를 풍기는, 보이지 않는 입에서 내뱉는 낮고 빠르며 단조로운 목소리의 속삭임. 아니면 벌거벗은 여인의 침착하고 점잔 빼는 어조. 남자들이 자신에게 갚을 게 있다고 생각하는, 엘렌 피카르[5]가 '마담 몇 번 했니'라 부르는 여자의 날카로운 청구. 이렇듯 진실이 담긴 충분히 많은 사연들이 있었다. 마치 여과되지 않은 풍부한 포도즙 표면에 놓인 듯 출렁거리는 진실이…

'조금만 더.' 나는 생각했다. '막연한 대화라도 조금 더 나누면, 샤를로트가 불같은 애인에게 뭘 숨기고 있

5   Hélène Picard(1873~1945). 프랑스 시인

는지 알 수 있을 거야.'

내 짐작은 틀렸다. 어디든 주저앉아 쉴 정도로 지친 존재, 그리고 어떤 도움 없이도 집으로 돌아갈 수 있는 활기를 가진 존재 – 이 모두가 샤를로트임을 알아차려야 하지 않았을까? 그녀는 담배를 피우고 신선한 마테 찻잎 위로 작은 주전자에 담긴 물을 부었으며, 누구에게랄 것도 없이 지금이 몇 시인지 물었고, 자신이 유용하다고 판단한 몇 가지 정보를 나에게 알려 주었다.

"마테차는 제가 가져와요. 전기 주전자도요. 하지만 그 외의 것들을 원하신다면, '그들'에게 무엇이든 요청하셔도 돼요. 샌드위치, 차, 케이크 같은 것들요. 주문을 원하시면 아래층의 직원에게 50프랑을 주면 돼요... 걱정 마세요, 마담. 저번에 오셨을 때 차 한 잔을 마시고 담배 두 개비를 피우셨죠. 그 정도에 양심의 가책을 느끼진 마세요... 그리고 설마 제가 드린 마테차 한 잔의 값을 치러서 절 창피하게 하진 않으시겠죠? (..) 맛이 좋지 않나요? 각성시키지 않으면서도 가벼운 활기를 주죠... 아편은 조금 달라요. 제 애인은 올 때마다 아편 다섯 파이프를 피우는데, 그건 따로 계산하거든요."

방탕하다고 부를 수밖에 없는 행위들에 이토록 명확한 규율이 있다니. 이 엄격함은 분명 내가 아닌 다른 사람이라도 난처하다고 느꼈을 것이다. 하지만 나는 샤를로트의 모든 면이 좋았다. 중년에 접어드는 여인의 어린 애인을 향한 애칭은 족히 열 가지는 되었는데, 전부 말도 안 되는 것들이었다. '우리 여보', '못된 애송이', '사랑스러운 물고기', '귀여운 소녀' 따위라니. 그런데 샤를로트는 자신의 모호한 모성에 굴복하지 않고 솔직하며 단호한 어조를 더해 '나의 소년'이라 불렀다. 나는 샤를로트만큼은 길에서 걸핏하면 마주치는 성가신 수녀들과는 다르길 바랐다. 내가 말하는 수녀들이란 이런 운명이 예정된 사람들이다. 순백으로 장식할 다른 제단이 없기에 침대 시트 사이에서 체념의 한숨을 내쉬고, 남몰래 자기희생을 즐기고, 바느질과 집안일을 사랑하는 사람들. 이들은 집안 남자의 옷, 특히 두 갈래로 갈라진 신비로운 바지를 공들여 손질하면서 그 남자가 병에 걸리기를 갈망하며 기다리다가 더러워진 요강과 축축한 속옷들에 손을 뻗는 최악의 지경으로 타락한다. 샤를로트는 전혀 다른 세계에 속한다고 나는 마음속으로 확신했다. 그녀의 편안한 여유는 그녀를 돋보이게 했다. 하는 일 없이도 고요하게 가만히 있을 줄 아는 여자는 별로 없다. 나는 그녀의 두 발, 쭉 뻗어 아래로 늘어진 발가락을 유심히 보았다. 그녀의 현

명함과 그녀가 자신의 주인임을 드러내는 표식이 틀림
없었다.

"마담 샤를로트, 당신은 진정으로 기다릴 줄 아는
분이군요!"

그녀의 흔들거리는 커다란 눈동자, 어둠 속에서 더
욱 커진 눈동자가 다시 나를 향했다.

"맞아요, 잘 기다리죠. 하지만 은퇴한 의사들이 말하
듯이 지금은 그 일에 종사하지 않아요."

"우리는 언제나 기다려요… 방금 전에 '일주일 후에
돌아오길 기다리고 있어요'라고 하셨고요…"

"아, 그렇죠…"

샤를로트는 멀리 지나가는 사람들에게 하듯 허공
에서 손을 흔들었다.

"맞아요, 그이를 기다려요… 하지만 그이에게 아무것
도 기대하지 않아요. 미묘한 차이가 있는데… 제 말을 이
해하시는지 모르겠지만…"

"이해하는 것 같아요."

"제가 부득이하게 거짓말만 안 해도 된다면, 그토록
젊은 남자의 사랑만으로도 충분할 텐데…"

그녀는 한숨을 쉬었다가 웃고는 르누아르가 애지
중지했을 법한 상냥하고 통통한 얼굴을 내 쪽으로 돌

렸다.

"우습지 않나요, 우리 같은 커플에서 한참 연상인 제가 - 그이는 스물두 살이에요 - 거짓말을 해야만 하는 입장이라니… 제 마음은 온전히 이 아이에게 충실해요. 하지만 마음이란 뭘까요? 마음은 과대평가되어 있죠. 마음이란 건 아주 편리해요. 모든 걸 받아들이니까. 이미 가진 것으로 마음을 채우고, 그렇게 쉬울 수가 없어요… 그런데 몸은… 아, 얼마나 다행인지! 몸은 이른바 미식가처럼, 자신이 무엇을 원하는지 알아요. 마음은 선택하지 않습니다. 마지막엔 언제나 사랑하게 되어 있어요. 제가 그 증거랍니다."

샤를로트는 피곤해하며 누비 요 위에 미끄러지듯 누워 작고 차가운 흰색 밀짚 쿠션에 목덜미를 기댔다. 그렇게 누운 그녀는 아무도 쓰고 있지 않던 아편 램프의 불빛이 만들어낸 그림자가 불그스름한 천장에 드리우는 것을 볼 수 있었다. 이따금 합쳐졌다가 다시 떨어지고야 마는 두 개의 둥근 그림자는 희미하고 가장자리가 뚜렷하지 않았으며 연한 금빛을 띠고 있었다. 내가 대답하지 않자 샤를로트는 고개를 들지 않은 채로 나를 향해 얼굴을 돌렸다.

"제 말을 이해하셨는지 모르겠지만…"

"아주 잘 이해했어요." 나는 곧바로 단언했다. 그리고 본의 아니게 열의를 담아 말했다. "마담 샤를로트, 어쩌면 제가 당신을 세상에서 가장 잘 이해하고 있을지도 몰라요."

내 말에 그녀는 눈웃음으로 답했다.

"방금 하신 말씀은 무척 의미심장하네요. 서로 잘 모르는 사이라서 얼마나 편안한데요! 우린 친구들에게 털어놓지 않을 얘기들을 나누고 있잖아요. 친구들끼리는 – 친구란 게 있다면 – 진정으로 결핍된 것을 절대로 털어놓지 않아요. 감히 그럴 수 없죠...

"마담 샤를로트, 당신에게 '진정으로' 결핍된 것을 찾고자 하나요?"

그녀는 목을 뒤로 젖혀 어렴풋한 불빛 아래에서 짧고 귀여운 코 아랫부분, 약간의 유분으로 매끄러워진 턱, 틈새 없이 가지런한 이를 드러내며 미소 지었다.

"저는 그렇게 순진하지도, 자유분방하지도 않아요. 제게 결핍된 것은 그냥 내버려 두죠. 이걸 미덕으로 만들진 마세요... 어떤 것을 과거에 소유했고 그것을 속속들이 안다면, 그걸 완전히 잃는 것은 불가능한 일이에요. 분명 이게 나의 소년이 그토록 질투하는 이유겠죠. 제가 잘 처신하긴 하지만, 그리고 제가 서툴지 않다는 건 당신도 아시잖아요. 불쌍한 내 애인은 본능적으로 이유 없이 화를 내고 마치 힘껏 열어젖히고 싶다는 듯이 나를 뒤흔들어요… 우스운 일이죠." 그녀가 말했다. 그리고 정말로 웃었다.

"음… 당신에게 결핍된 것… 그것은 정말로 찾을 수 없는 건가요?"

"찾을 수 있을지도 모르죠." 그녀가 오만하게 말했다. "하지만 그 진실은 거짓보다 더 수치스러울 거예요. 생각해 보세요, 마담… 바보같이 통제력을 잃고 내가 무슨 몸짓을, 무슨 말을 하는지도 모른다면… 그 생각만으로도… 아! 저는 그걸 참을 수 없어요."

낯빛이 진해진 것을 보니 샤를로트는 얼굴이 붉어진 게 틀림없었다. 그녀는 쾌락의 위협을 느끼는 여자처럼 불안하게 입을 반쯤 벌리고 하얀 쿠션에 누인 머리를 이리저리 돌렸다. 커다랗고 촉촉한 잿빛 눈동자가 왔다 갔다 할 때마다 붉은빛의 점 두 개가 따라다녔다. 샤를로트가 거짓말을 멈춘다면 더욱 아름다워질 일만 남을 것이라는 생각이 절로 들었다… 나는 이 얘기를 조심스럽게 꺼냈지만, 그녀는 택시를 함께 탔을 때처럼 다소 차갑고 신중해졌다. 그녀는 조금씩 평정을 되찾았고 마음을 닫았다. 몇 마디 말이 오가는 동안 그너는 자신이 그토록 내려다보며 경멸하는 듯했던 자신의 '마음' - 붉은 심장을 연상시키는 그 정신적 영역으로부터 나를 차단했다. 또한 육체의 힘찬 춤, 뒤섞인 팔다리의 암호, 무정함을 상징하는 모노그램 따위가 틀림없이 떠돌고 있을 지하 은신처, 향과 색의 동굴 같은 그녀의 육체에서도 나를 밀어냈다. 무정함이라는 단어에 나는 우리가 감각들이라고밖에 부를 줄 모르는 일련의 능력들을 포함시킨다. 감각들이라니? '**감각**'은 왜 안 될까? '감각'이라고 하는 편이 더 신중하고 충분할 텐데 말이다. '**감각**'. 다른 다섯 가지 하위 감각들은 제각기 멀리 떠났다가도 '감각'이 부르면 단박에 달려온다. 예를 들어 바다생물의 풀 같기도 하고 팔 같기도 한 가볍고 까슬한 띠 모양의 감각 기관처럼...

고집 센 영주, 꼭 필요한 것만 익혔던 무지한 옛날 군주 같은 감각들. 숨기고 증오하고 명령하고... 그런데 샤를로트가 아편으로 마음을 달래며 평온한 밤 아래 누워, 다름 아닌 감각들을 저지하고 감각들의 제국에 자의적인 경계를 부여했다. 그러나 감각들의 불안정한 경계를 확정할 수 있는 사람이 과연 있을까? 설사 샤를로트라 하더라도?

나의 동의를 구했던 샤를로트가 어쩌면 나의 친근

감까지도 원할 거라 생각했지만 헛된 기대였다. 전혀 그렇지 않았다. 두세 개의 진부하지만 제법 재미난 이야기 – 이를테면 "남자가 가장으로서 집에서 내는 유일한 진짜 소리는 계단참에서 자물쇠 구멍에 열쇠를 끼우려 애쓰는 소리죠." – 를 하고 나서 새벽 즈음부터 그녀는 예의를 지키며 평범한 말만 했다. 샤를로트가 집에 가려고 일어났을 때, 나는 졸린 척을 하며 작은 요에 계속 누워 있었다. 그녀는 달콤한 거짓말의 집인 통통한 목 주위로 외투를 여유로운 몸짓으로 정성껏 여몄다. 떠나기 전에 촘촘한 베일을 얼굴 위로 드리웠는데, 두 개의 붉은 빛이 그녀의 커다란 눈에서 사라졌다. 얼마나 많은 그림자가 여전히 그녀를 가리고 있는지... 그 그림자를 거두는 것은 내가 할 일이 아니다. 샤를로트를 생각하면 나는 잠으로도, 어떤 확신으로도 장식되지 않았던 표류하는 밤들의 기억을 향해한다. 섬세하고 신중하며 환상 따위에 빠지지 않고 속임수에 능한, 베일 쓴 이 여인은 쾌락에 대해 서글프게 이야기할 이 책의 첫머리에 무척이나 어울리는 인물이다.

'X'와 돈 후안

나는 남자들의 비밀을 알아내기 위해 그리 멀리 갈
필요가 없었다. 불감증이거나 결함이 있어서 안심할
수 있는 여자 앞에서 남자는 고백하고픈 이야기가 넘
쳐난다. 여자는 어떤 나이에 이르면 눈으로는 감사를
말하면서도 손가락 사이로는 베푸는 자의 잔인함과 비
열함, 능숙함을 스며 보내며 아주 오랜 시간 동안 타인
과 이야기할 수 있게 되는데, 같은 나이에 남자는 세월
의 힘으로 달랠 수 없는 앙심을 품는 듯하다.

유명 인사인 내 친구 X는 늘 신중하고도 유쾌하지
만, 이름난 호색가로서의 과거를 나와 단둘이 이야기
할 때만은 그렇지 않다. "아! 못된 계집들." 어느 날 저녁
에 그가 외쳤다. "단 한 명도 나와 성적인 관계를 마다
하지 않았지." 사실 그는 성적인 관계라는 표현 대신 남
성의 쾌락이 가지는 무서운 트라우마와 연관된 더 짧
은 낱말을 써서 말했다.

남자가 성적 쾌락을 위해 자신을 이용한 여자들에
게 품는 적의, 나는 여자가 이런 식의 적의를 지닌 모습
을 결코 본 적이 없다. 여자는 풍성한 곡창지대와도 같
아서 남자에게 줄 것이 거의 무한하다는 사실을 스스

로 안다. 그렇다면 나는 책을 막 쓰기 시작한 이 시점에서, 여자는 남자에게 유용하지만 남자는 여자에게 그보다 덜 유용하다고 선언하는 것일까? 두고 보면 알게 될 것이다.

앞서 언급한 이름난 호색가 이야기로 돌아가겠다. 수많은 여자를 상대할 능력이 있는 대다수 남성처럼 – 내가 감히 이렇게 써도 된다면 – 그는 벼락같은 절정의 순간에 지나지 않은 성적인 '소유'로 인해 다나이드[1]의 신경 쇠약과 같은 특수한 불행에 빠졌다. 내가 제대로 이해했다면, 그는 자기 육체를 거절할 정도로 자신을 사랑하는 여자를 원했던 것이다. 하지만 여자가 그에게 몸을 맡기지 않기란 어렵다. 더구나 이 정복자는 사랑의 진정한 목적과 열정적이면서도 적당하고 순수한 거리 – 이 거리는 매듭처럼 얽힌 육체보다도 완벽하게 두 연인을 굳게 결합시킨다 – 를 어렴풋이 본 순간, 강렬한 욕망에 휩싸여 두 주먹을 불끈 쥐고 사랑의 대상을 바닥에 던지다시피 해서 그녀를 가질 수밖에 없었다.

때로 그는 한탄했다. "아! 내 인생이란!" 나는 언제나 그가 나를 믿고 고백하는 이야기들을 무척 좋아했다.

---

1 고대 그리스 신화에 나오는 아르고스의 왕 다나오스의 딸

그런 고백이 끝없이 이어지기를 바란다. 우리는 평판이 좋기로 소문난 레스토랑의 지하 '살롱'에서 주로 만난다. 벽이 두꺼워 소리가 새 나가지 않는, 시내 중심가의 낡은 건물에 자리한 곳이다. 우리는 미식가처럼 저녁을 먹고, 친구 X는 서서 왔다 갔다 하며 담배를 피우고 이야기를 한다. 그는 어쩌다 한 번씩 둥근 술이 달린 커튼을 들어 올린다. 그러면 창 너머에 소리 없이 움직이는 도시, 파리의 일부분이 나타난다. 마치 아스팔트 호수 위 반딧불이들의 비행 같다. 바깥의 밤은 위험하고, 오래된 벽 안쪽에서 비밀스러운 열기와 함께 안전하다는 안이한 환상이 나를 에워싼다. 안전하다는 환상은 말하는 이에게 귀를 기울이는 와중에 커져만 간다. 그것은 다가오는 파국을 목격하는 환희, 지극히 인간적인 즐거움이다. 시시때때로 내게 속내를 드러내는 X를 나는 친구로서 좋아한다. 끓는 감정의 가마솥 안에서 가면을 모두 벗어던진 그를 보는 일 또한 좋아한다. 그는 쉽게 도움을 청하는 사람은 아니다. 나이가 들면서 성적 쾌감을 폄하하게 되었고, 통계 수치에 노이로제를 보인다. "말해서 뭐해. 내 평균치는 낮아졌어… 하지만 나만큼 개의치 않는 사람도 없을걸…" 그러고는 다시금 "남자의 가치에 점수를 매기는 못된 계집들…" 운

운하며 화를 낸다. 그래서 나는 그에게 돈 후안 이야기를 꺼낸다. 나는 그가 아직까지 돈 후안을 주제로 한 문학 작품을 쓰지 않은 것이 놀랍다고 말한다. 그는 나를 측은히 여기며 어깨를 으쓱하고는 결투와 연애를 다룬 소설은 물론이고 시대극도 유행이 지났다고 자애롭게 경고해 준다... 그는 나에게서 전업 작가들이 직업상의 기교를 뽐내며 글쓰기 기법에 심취하는 고집 센 어린아이 같은 은밀한 속성을 발견한 것이다. 그는 짐짓 꾸며 낸 냉소 덕분에 몰라보게 젊어지고, 나는 그가 마음대로 말하게 놔둔다. 한번은 그에게 나이 지긋한 배우 에두아르 드 막스[2]를 염두에 두고 늙은 돈 후안에 관한 희곡을 쓸 생각이라고 털어놓았다.

"쓰지 말지." 그가 신랄하게 조언했다.

"왜요?"

"당신은 아직 완전한 파리지엔이 아니니까. 친애하는 친구, 당신이 생각하는 돈 후안의 개념이 뻔히 보이는군. 그게 기존의 돈 후안들에 무얼 더할 수 있겠나? 매력적인 쓰라림, 방탕 속의 진중함, 그리고 마지막으로 여기에 전원을 노래하는 시를 조금 끼워 넣을 방법을 찾아내겠지... 돈 후안은 케케묵은 인물이지만, 그를

2 Édouard de Max(1869~1924). 루마니아 출신의 프랑스 연극 배우

진정으로 이해한 사람은 없지. 돈 후안은 근본적으로…"

나의 유명한 친구는 자기 나름의 돈 후안 개념을 나에게 설명해 주었다. 그의 말에 따르면 돈 후안은 유혹할 때에도 심사숙고하며, 외교관처럼 정복하는 유형이다. 세련되게 순결을 앗아가고, 금세 지루함을 느낀다.

"돈 후안 역시 차지하는 데에만 몰두하고, 대가를 치르는 방식은 대가 자체만큼 중요하지 않다고 여기는 많은 남자 중 하나였어. 물론 육체적 쾌락주의자의 관점에서 하는 말이지만…"

"물론이죠."

"어째서 '물론'이지?"

"당신은 돈 후안에 대해 말할 때 절대 사랑을 이야기하지 않기 때문이죠. 돈 후안과 당신 사이에 숫자 개념이 끼어들거든요. 비록 당신 잘못은 아니지만…"

그가 나를 빤히 쳐다보았다.

"성향이 그러신걸요."

시간은 늦어지고 있었고, 흠뻑 젖은 밤의 한기가 옷핀으로 연결된 커튼 사이를 비집고 들어왔다. 그렇지 않았다면 나는 X에게 내가 생각하는 돈 후안에 관해 이야기했을 것이다. 하지만 이미 X는 자신의 일과 쾌락에 대해 생각하다가 내일이 다가온다는 사실에 침울해져

버렸다. 그에게는 일보다 쾌락이 더 큰 걱정거리였다고 나는 짐작한다. 어떤 나이에 이르면 타인에게서 즐거움을 찾는 일보다 혼자서 참는 편이 훨씬 덜 불안하기 때문이다.

헤어질 즈음 비는 그쳤고 나는 혼자 걸어서 귀가하고 싶었다. 나의 호색가 친구는 긴 다리로 성큼성큼 멀어졌고, 그 모습이 멋졌다. 그는 돈 후안일까? 그렇게 생각하고 싶다면. 여자들이 그렇게 생각하고 싶어 한다면… 하지만 X는 자신의 평판에 무척 신경을 쓰고, 이런 성격의 대가를 소심한 채무자처럼 칼같이 치른다.

얼마 지나지 않아 우리는 다시 만났다. X는 신경이 날카롭고 안색이 불안했다. 그의 얼굴은 15분 사이에 늙었다가 5분 만에 젊어지곤 했다. 그의 젊음과 늙음은 같은 곳에서 유래한다. 여자의 눈길, 입, 육체에서. 성실하게 일하고 방탕하게 즐긴 35년 동안 그는 휴식을 취하며 원기를 회복할 수 있는 시간을 전혀 갖지 못했다. 어쩌다 자신에게 휴가를 줄 때면, 늘 부정적인 생각을 품고 다닌다.

"휴가 갈 거야." 그가 말했다.

"잘됐네요."

그는 어느 가게의 거울을 곁눈질했다.

"내가 피곤해 보이나?" 피곤해 보였다.

"누구 때문에 피곤한가요?"

"전부 다. 악마 같은 계집들… 오렌지 주스 어때? 여기, 아니면 좀 더 가서… 어디든 마음에 드는 곳에서."

자리에 앉고 나서 그는 손으로 은빛 머리카락을 매만졌다.

"'악마 같은 계집들'이라면," 나는 그의 말을 그대로 따라 했다. "대체 몇 명이죠?"

"두 명. 별로 없지, 둘이니까…"

여자들이 좋아하는 남자 특유의 커다란 코를 찡그리며 그는 아무렇지 않은 척 웃었다.

"저도 아는 사람들인가요?"

"한 명은 알지. 내가 '먼 과거'라 부르는 사람. 다른 한 명은 새 여자야."

"예쁜가요?"

"음…"

그가 고개를 뒤로 젖히는 바람에 눈알의 흰자위만 가득 보였다. 이런 식으로 표정을 과장하는 그의 버릇을 나는 그리 좋아하지 않았다.

"타히티섬의 미녀처럼 예쁘지." 그가 말을 이었다. "그녀는 집에서 머리카락을 풀어 등에 늘어뜨리고 돌아다녀. 이만큼이나 긴 머리카락을 붉은 실크 옷자락 위로 탐스럽게…"

그는 표정을 바꾸고 눈을 다시 내리깔았다.

"다 허풍이고 허세고 허구야, 게다가 난 그렇게 쉽게 속지 않아. 하지만 제법 착한 여자야. 이 여자한텐 불만 없어. 문제는 '먼 과거'가…"

"질투하나요?"

그는 망설이는 눈빛으로 나를 보았다.

"질투라고? '먼 과거'야말로 악마인 걸. 그녀가 무슨 짓을 했는지 알아? 아냐고?"

"곧 알게 되겠죠."

"새 여자랑 친해졌어. 잠시도 떼어 놓을 수 없는 친구처럼. '먼 과거'는 그녀에게 나에 대해 이것저것 알려줘. 서로 시시콜콜 다 털어놓는 그 고약한 방식이라니… '먼 과거'가 '우리의 사랑'이라 부르기 좋아하는 그 행위에 대해서도 다 얘기해. 외설스럽게 포장해서 말야. 덧붙이고 만들어 내고. 그러면 타히티 미녀는…"

"자기에게도 같은 수준으로 해 달라는 거죠…"

그답지 않게 서글프고 겸허한 눈길로 나를 보았다.

"응."

"친애하는 당신께 한 가지만 여쭤볼게요. 타히티 미

43

녀의 속마음은 진정한 갈망인가요, 아니면 자부심과 경쟁심인가요?"

내 유명 인사 친구는 낯빛이 변했다. 나는 그의 표정에서 불신, 책략, 본원적인 반감의 모든 표현을 관망하는 일이 즐거웠다. 그는 멀리 보이지 않는 적을 바라보고 볼을 부풀려 숨을 내쉬었다.

"옛날부터 그랬지. 휴… 내가 잡아먹지 않으면 그녀가 날 삼켜 버릴 거야… 욕구 면에선 미식가라 생각해. 젊고 경계심이 없어, 무슨 말인지 알지. 상당히 즐거워…"

그는 자신의 본래 모습으로 돌아와 상체를 내밀었다.

"그리고 그 여자는 야해지면 아주 볼 만해… 얼마나 훌륭한데!"

연극 〈사랑받는 셀리마르[3]〉에는 이런 짤막한 장면이 나온다. 남편이 돌아온 것을 본 아내는 급히 자신의 애인을 방에 가둔다. 애인은 악을 쓰며 닫힌 문을 주먹으로 치고 발로 찬다.

"저게 뭐지?" 남편이 묻는다.

---

3 Célimare le Bien-Aime. 외젠 라비슈, 알프레드 들라크루아의 연극. 1863년 초연했다.

"아무것도 아냐… 근처 굴뚝 수리공들인가 봐." 아내가 벌벌 떨며 우물우물 말한다.

"못 참아 주겠군!" 남편은 수완이 좋은 오랜 시종에게 명령한다. "피투아, 가서 그자들에게 말소리 좀 낮춰 달라고 말해라."

"그게…" 피투아는 난처해하며 구실을 댄다. "그리 유순한 사람들이 아니어서요…"

"그래? 이 겁쟁이! 내가 직접 가지."

남편은 닫힌 문으로 다가가서 큰 소리로 말한다.

"거기 소리 좀 낮추라고! 대화를 할 수가 없잖아."

문 너머에 있는 사람은 겁에 질려 말이 없다…

남편이 피투아에게 말한다. "난 일꾼들과 말하는 법을 잘 알지. 이런 식으로 말해야 한다고."

그러자 피투아는 다음과 같이 **방백**을 하고 자리를 뜬다.

"저는 가겠습니다… 마음이 아프군요."

욕구가 넘치고 경계심 없는 순진한 여자를 정복했다고 우기는 내 친구 X 앞에서 짓궂게도 피투아의 대사가 떠올랐다… 나는 몰래 즐거워하면서 – 적어도 표면적으로는 – 화제를 바꿨다.

"친애하는 친구, 북유럽에서 오는 당신의 동료를 위

해 따뜻한 환영식을 준비하고 있죠?"

X는 안색이 환해졌다. 그는 열정적인 사람이고, 옛날부터 뜨거운 동료애가 넘쳤다.

"마센 말이지? 그렇고말고. 대단한 사람이지. 일간지 1면에 기사를 쓸 거야... 연회도 열릴 거고. 연설이 빠진 진짜 연회 말이지. 아카데미 프랑세즈에서 그를 위해 최고의 자원들을 동원해 주면 좋겠어. 아주 대단한 분이니까. 그의 정치 인생은 이제 막 시작이야. 그는 모든 걸 가졌어. 내가 부자라 부르는 사람들 중 하나지. 비범하고 동물적인 매력, 은빛이 도는 아름다운 금발, 그러면서도 동안이고..."

"알아요, 알죠... 게다가... 소문에 따르면..."

X는 어린아이처럼 생기 있게 관심을 보였다.

"무슨 소문이지? 여성 편력?"

"물론... 그 소문은... 이리 가까이 오세요. 크게 말할 순 없으니..."

나는 그의 귀에 몇 마디 속삭였고 그걸 들은 X는 휘파람을 불었다.

"휴! 그걸 일일이 셌단 말인가. 대단한 숫자군. 누가 말해 줬나?"

"이런 유의 정보는 모든 출처를 의심해 봐야죠."

"그렇지."

그는 곧 결투를 신청할 사람처럼 몸을 펴고 조끼 단추를 잠갔다. 그의 황갈색 눈에 심술궂은 기운이 감돌았다.

"북유럽 사람들이란." 그가 재미있다는 듯이 말했다. "한번 보고 싶네…"

그러다가 자신의 기질을 드러냈음을 깨닫고 얼버무렸다.

"하지만 이런 소문은 내 관심 밖이야. 마센처럼 훌륭한 인간이 건물이라면," 그는 지나치게 짜증 내며 덧붙였다. "그 안에 거울로 가득한 방이 있든 사창가가 있든 아무래도 좋아…"

"물론 그렇겠죠." 내가 말했다.

그는 오렌지 주스 두 잔의 값을 치르고 장갑과 지팡이를 집어 들었다.

"어쨌든 알려 주세요."

"무엇을 알려 달라고?"

"마센이 오면요. 그와 이야기 나누고 싶어요."

"아 그렇군… 알겠네. 무슨 바람이 불었나, 응?"

"북풍이죠…"

그는 이 시시한 공격을 비난하며 내 얼굴을 똑바로

쳐다보았다.

"세상에, 당신은 내가 마센을 크게 질투한다고 생각하나? 하지만 난 누군가를 육체적으로 질투할 정도로 천박하진 않다고."

나는 그의 말이 맞다는 다정한 신호를 보내고는 저녁 여섯 시의 까끌까끌한 그의 뺨을 손으로 어루만졌다... 그는 떠났고 나는 속으로 말했다. '친애하는 친구여, 육체적이지 않은 질투도 있나요?' 그의 균형 잡힌 등, 과장된 보폭의 발걸음, 그리고 그의 모자를 향해. 유별나게 그의 기분을 드러내고 비밀을 누설하고 변덕을 부리며 이해하기 어려운 모자를 향해. 그는 개구쟁이 소년인 척할 때는 모자를 한껏 옆으로 내려 쓴다. 너무 뒤로 넘겨 쓸 때는 보헤미안이고, 너무 앞으로 내려 쓰면 이렇게 경고하는 것이다. '조심해, 우린 예민하거든. 이봐, 버릇없는 애송이, 발 밟지 말라고...' 요약하자면 나이 먹기를 거부하는 모자다...

X와 나는 벼락같은 절정의 순간을 ─ 유감스럽게도 그것을 우스운 이름인 '쾌락'으로 부를 수밖에 없다 ─ 이야기하곤 했다. 우리는 그 순간에 관해 편안하게 이야기를 나눈다. 아마도 쾌락이 우리를 동시에 위협한 적이 결코 없었고, 그와 나 사이에 어떤 이끌림도 없었

기 때문일 것이다. 아니 어쩌면 그가 자신에게 지극히 유용하며 아름다운 '번식깃' 사이로 구멍이나 잘려 나간 깃털 따위를 내게 보여 주기 때문인지도 모르겠다. 우리만의 순서가 있다. 먼저 각자의 일에 대해 이야기하고, 지나가는 사람들에 대해, 이미 세상을 떠난 이들에 대해 말하고, 옛날에는 어땠고 오늘은 어떻고 하면서 경쟁하듯 유쾌하게 서로를 반박한다. "아뇨, 제가 보기엔, 전혀 아니에요. 반면에 저는…" "이상하기도 하지! 내 의견은 정반대인데…" 단 한 마디, 단 하나의 이름만 있으면 우리는 다시 우리에게 익숙한 잿더미로 돌아간다. 여기저기 붉은 빛이 감도는 검은 잿더미. 주로 X가 말하고 나는 듣는 쪽이라는 점만 빼면, 나는 X만큼이나 책임이 있다고 느낀다. 그가 불타는 궤적에 처음으로 다시 발을 내딛는 순간부터 나는 그를 따라가고 심지어 계속 가라고 재촉하기 때문이다. 어느 날 그는 한계에 이르러 외쳤다.

"그것에 대해 사람들은 너무 많이 말했고 너무 많이 썼어. 사랑의 육체적 완결을 다룬 모든 문학 작품이 구역질 나. 알겠나, 토할 것 같다고!"

그는 내 주먹을 감싼 자신의 주먹을 탁자에 두드렸다.

"그럴 때가 됐죠." 내가 말했다. "당신이 그런 작품들을 쓰기 전에 진작에 토했어야죠."

"그러는 당신은?"

"저는 다르죠. 저는 공정하게 하거든요. 불타는 열정을 묘사하기 전에 약간 거리를 두고 열기를 식히고 자신 있는 상태에 이르기를 매번 기다리죠. 당신은... 불행의 한가운데, 기쁨의 한가운데서 쓰니, 아휴! 부적절하다니깐요."

그는 고개를 무겁게 끄덕였지만 기분이 좋아져 있었다.

"그래, 맞아." 그가 중얼거렸다... "미친 짓이지!"

그는 짐짓 꾸며 낸 슬픔과 겸손함을 더없이 우아하게 풍기며 스물다섯 살짜리 청년 같은 미소를 지었다.

"나는 마치 배의 화물에 달려들어 더는 못 먹을 때까지 먹어 치운 난파선의 승객들 같군... 그들은 그만 먹겠다고 하지. 그런데 이미 아무것도 남아 있지 않으니 이튿날에는 무얼 먹나?"

"바로 그거예요, 친애하는 친구. 바로 그것. 정말로 필요하면 배 밑바닥 어디선가 앤초비 통이나 육포 상자, 대량의 자몽과 코코넛이 발견되는 법이죠..."

그는 어깨를 으쓱한다. 몽상에 빠져 말한다. 그것에

관해 말한다. 나는 그가 여자들에게 편지, 전보, 전화 세
례를 어떻게 퍼붓는지 듣는다. 그는 한탄하고, 온천 마
을에서 기다리고, 스위스의 산속으로 숨고, 소란을 일
으키고, 소란을 견디고, 그런 소란에서 빠져나온다. 마
치 목욕을 한 것처럼 날씬해지고 생기가 도는 상태로.
그는 침울하지 않다. 그보다는 힘이 넘치는 한 마리의
말에 가깝다. 그는 준마(駿馬)처럼 자신이 이해하지 못
하는 것에 부딪히고 반항한다. 그는 많은 목소리를 내
는데, 그것은 순수한 목소리의 울림이다. 그는 너무 위
대해서 여자들이 그를 모방하고 싶어 하고, 너무 남성
적이라 지극히 순진한 척하는 여자에게서는 벗어날 수
없다. 돈 후안, 여자들은 당신을 결코 속일 수 없을 것이
다. 내가 생각하는 '돈 후안'의 정의를 설명하고 싶다고
떠벌렸을 때, 에두아르 드 막스는 아직 살아 있었다. 지
금은 그가 세상을 떠났고, 그를 주연 배우로 점찍어 뒀
던 희곡은 더 이상 쓸 생각이 없다.

"에두아르, 무슨 생각 하세요?" 내가 그에게 말했다.

"난 너무 늙었어. 친애하는 친구."

"마침 제 희곡에는 나이 든 당신이 필요해요."

"하지만 그 정도로 늙은 건 아니야. 자네 말이 상처
가 되는군."

푸른빛, 초록빛, 금빛이 섞인 그의 두 눈동자와 눈 길, 그리고 그의 목소리가 매력을 발산했다.

"그리고 아주 매혹적인 당신이 필요하죠."

"다행히, 그건 아직 할 수 있겠어. 청년기는 매혹하는 시기가 아니라 매혹당하는 시기니까. 자네 희곡에서 돈 후안은 무슨 일을 하지?"

"아무것도. 아직 쓰지 않았거든요. 아마 별다른 일을 하지 않겠죠. 사랑의 행위는 하지 않거나 아주 조금만 합니다."

"잘됐군! 사랑을 나누는 게 꼭 필요한가? 그거야 괜찮긴 하지만, 무심한 여자랑 하는 편이 좋거든."

이는 드 막스의 말을 그대로 옮긴 것이다. 대단한 바람둥이였던 소설가 프랑시스 카르코[4]의 말과 비교하는 즐거움을 맛보기 위해서다. 카르코의 말을 들어보자. "아!" 우수에 잠겨 솔직해질 때면 그는 탄식하며 말한다. "사랑하는 사람과는 절대 자면 안 된다. 그게 모든 걸 망친다..." 샤를 S.의 말도 인용하고 싶다. "진정으로 어려운 일은 한 여자의 마지막 호의를 얻어 내어 우리의 소원을 이루는 것이 아니라, 그녀가 우리와 함께 가정을 꾸리는 일을 막는 것이다. 그렇다면 우리에게 남

---

4   Francis Carco(1886~1958). 프랑스 작가, 시인, 저널리스트

은 일이란 도피가 아닐까? 돈 후안이 우리에게 길을 보여 줬다..."

나는 말을 이었다. "에두아르, 당신은 제 생각을 이해하게 되실 거예요..."

"그럴 것 같아 두렵군." 드 막스는 동의했고, 그의 매력적인 미소에서 쾌활함이 완전히 사라졌다. "그런데 이미 이해한 게 아니고?"

나는 그에게 나의 굉장한 희곡 작업에 대해 설명하면서 '돈 후안'이라는 이름을 스무 번이나 입에 올렸다. 그 이름의 신성한 울림과 열기와 마력은 에두아르가 전혀 모르는 사이에 그의 얼굴을 새로이 빚었다.

그의 입술이 가늘어졌고, 눈두덩이에 푹 들어간 눈은 도롱뇽처럼 푸른빛과 금빛으로 반짝였다. 그의 자랑거리인 머리카락은 어깨가 움직일 때마다 떨렸고, 손은 검의 손잡이 쪽으로 조금씩 뻗어 가고 있었다...

"아시겠지만 나이 오십이 지난 돈 후안은..."

마리니 극장의 드레스 리허설 막간에 드리워지는 서늘한 조명의 빛이 우리를, 그리고 정원을 비추었다. 봄날의 추위가 살을 에는 듯한 초록빛의 정원이었다. 바로 그곳에서 나는 드 막스에게 그가 여자를 싫어하는 돈 후안을 처음으로 연기하게 될 거라고 마지막으로 약속했다. "서두르라고." 그가 말했다. 하지만 그는 나보다 빨랐고 내가 붙잡을 틈도 없이 부유하는 엑스트라들을 향해 영영 내려가 버렸다. 나는 나이 지긋한 돈 후안 주위에는 으레 그렇듯이 여자들이 수두룩하고 그중 대부분은 젊으며, 돈 후안이 그녀들을 증오할 것이라고 미리 정해 놓았다. 왜냐하면 내가 알고 있는 남자, 분명 어딘가에 여전히 살아 있을 남자를 모델로 삼으려고 했기 때문이다.

몇 년 전, 그 남자가 돈 후안임을 깨달았다. 그는 여자들에 대해 말을 아꼈고, 어쩌다 말할 때면 나쁘게만 말했기 때문에 그 사실을 알아차리기까지 한참 걸렸다.

그의 얼굴에는 사라질 줄 모르는 젊음이 묻어났는데, 빼어난 외모는 그를 돋보이게 하기보다 오히려 저주로 작용했다. 게다가 그는 젊음이 필요하지도 않았다. 나는 여자들이 소금기 어린 거짓된 촉촉함에 푹 젖은 그의 회색빛 눈에 끌렸는지, 꼭 다문 채로 작고 가지런한 치아를 숨기고 있는 그의 입술에 끌렸는지 알 수 없다. 여자들이 그에게 끌렸다는 사실이 내가 말할 수 있는 전부다. 여자들은 순식간에 몽유병자가 되어 그를 향해 고집스럽게 달려들었고, 미처 보지 못한 가구에 부딪혀 아파하듯이 그에게서 상처 입었다. 그를 돈 후안의 적임자로 만든 것은 바로 그런 여자들이었다. 그녀들이 아니었다면 나는 그에게 '돈 후안'이라는 진짜 이름을 붙이지 못했을 것이다. 고작 책 몇 페이지에서 태어나, 지금은 어느 언어의 어떤 다른 이름으로도 대신할 수 없는 영원한 이름을 말이다.

그의 인상적이었던 성격 중 하나는 절대로 서두르지 않는다는 사실이었다. 골프, 승마, 테니스를 한 덕분에 복부가 탄탄했고 순발력이 강했다. 하지만 운동 경기가 아닌, 남에게 잘 보일 의무 또는 예의에 따라 행동해야 할 때는 항상 마지막으로 등장한다는 점이 놀랍다고 한번은 그에게 대놓고 말했다.

"그건 게을러서가 아니라 품위를 지키기 위해서입니다." 그는 아주 진지하게 대답했다.

나는 웃었고, 그의 라이벌들이 하던 말이 맞다고 섣불리 판단했다. 그들은 "참 어리석군, 바보 같은 다미앵…"이라며 여자들이 좋아하는 무뚝뚝한 다미앵을 무시했다. 나는 여기서 촌스러운 그의 진짜 이름을 연상시키는 가명으로 그를 부르려 한다…

나중에 《셰리[5]》를 쓸 때, 나는 다미앵이 젊으니 모델로 삼을 수 있겠다고 스스로를 설득하려 애썼다. 하지만 완고하고 사고의 폭이 제한된 부류인 다미앵은 셰리에게서 빠뜨릴 수 없는 변덕, 몰염치, 유치함과 거리가 멀었다. 두 사람의 공통점은 다음 두 가지뿐이었다. 둘 다 슬픈 족속이라는 점, 그리고 날카로운 직관. 다미앵의 직관은 비상했다.

어느 날, 다미앵은 자신감과 허영심이 발동해 셀 수 없이 많은 여자들이 보낸 편지로 가득 찬 보관함을 나에게 구경시켜 주었다. 청동으로 장식된 제법 높은 보관함에는 백 개의 작은 서랍이 달려 있었다.

"백 개뿐이라니!" 나는 외쳤다.

"서랍 내부도 분할되어 있습니다." 다미앵은 특유의 진지한 태도로 대답했다.

"여자들이 아직도 편지를 써 보내나요?"

"그럼, 쓰죠… 많이. 아주 많이."

"많은 남자들이 말하길, 요즘 여자들은 주로 전화 통화에 가끔 속달 우편 몇 통이면 만족한다던데요?"

"여자들이 **더는** 편지를 써 보내지 않는 남자는 단지 여자들이 편지를 써 보내지 않는 남자일 뿐입니다."

---

5 콜레트가 1920년에 발표한 소설

나는 그와 함께 있는 것을 좋아했다. 평소에는 민첩하지만 휴식을 취할 때는 미동도 하지 않는 짐승 곁에 있는 것을 좋아하듯이. 그는 말수가 적었고, 한 가지 사명을 제외한 다른 모든 측면에서 평범했다고 생각한다. 마침내 그가 나에 대한 경계심을 풀고 나자, 나는 그가 거드름을 피우며 흡사 기상학자처럼 말하는 방식에 감화되었다. 이런 면에서 그는 날씨를 예측하고 짐승들의 기분과 바람의 의도를 이해하는 시골 사람들에 가까웠다. 이유 없어 보이는 우리 우정의 비밀을 다른 데서 찾을 필요가 없다.

나를 즐겁게 하고 놀라게 하기 위해 그는 자신이 어떻게 여자들을 '홀려서' 조금씩 조금씩 추락시켰는지 말해 주었다. 다미앵은 이전의 호색가들과는 달리 수도원에 갇힌 어리석은 자들, 이제 막 젖을 떼고 흥분해서 야옹거리는 가톨릭교의 고양이 같은 여자들을 공략하지 않았다. 수녀 이네즈를 황홀경에 빠뜨리는 것은 시시한 장난에 불과했다!

그런데 여자를 공략하는 다미앵의 수작은 당혹스러울 정도로 단조롭고 단순했다. 그에게 외교적인 요령 따위는 전혀 없었다. 그저 '마법의 주문'을 외면 이루어지는 것이었다.

그는 보잘것없는 집안에서 태어난 사실을 숨겼던 게 틀림없다. 이런 과거는 그의 지나치게 조심스럽지만 불쾌하지는 않은, 신중한 말투를 설명해 준다. 이 사실 때문에 애정 전선에서 그의 승리가 늦어지거나 줄어들지는 않았다. 오히려 많은 여자들이 암암리에 상류층에 대한 반감을 품고 있다. 본래 나이보다 늙어 보일 위험이 있는데도 그는 최신 유행어를 쓰지 않았다. 우리가 친구가 된 시기에 다미앵은 거의 '여자들'에게만큼이나 자신에게 엄격해지고 있었다. 그는 노인의 목숨을 끊고 병자를 죽이는 원시 부족의 관습을 따르듯 노년이 가져다주는 육체적 쇠퇴를 단죄했다. 완벽하게 순화해서 표현하자면, 너그러움 따위는 없었다.

나는 그가 다소 미련하다고 생각했을 만한 몇몇 질문을 했다. 이를테면 이런 것이었다.

"다미앵, 당신은 여자들에게, 대부분의 여자들에게 어떤 기억을 남겼나요?"

그는 평소에는 반쯤 감긴 눈꺼풀 사이에 시선을 가둬 두곤 하던 회색 눈을 크게 떴다.

"기억이라니요? (…) 분명한 건, 충분하지 않다는 느낌을 남겼죠. 당연하게도."

자만을 의심하기에는 너무나 건조한 말투였음에도,

나는 그의 어조에 충격받았다. 상업적인 미의 기준에 전혀 영향을 받지 않으며 더럽혀지지도 않은 이 차가운 남자를 나는 지긋이 바라봤다. 그의 외모에서 흠잡을 수 있는 것은 손과 발이 작고 가냘프다는 점뿐인데, 이는 나에게는 중요한 기준이다. 반면에 그의 회색 눈동자와 검은 머리카락의 대조는 여자들에게 강렬한 인상을 주는데, 우리는 그런 특징이 난폭한 성격을 상징하는 것이라고 흐뭇해하며 말하곤 한다.

난폭한 성격의 남자가 몇 마디 덧붙였다.

"내가 그녀들을 기습해서 곧바로 가졌든 한동안 애타게 기다리게 했든, 그녀들이 불에 덴 사람처럼 나를 탓하며 소리칠 게 분명해지는 순간, 바로 떠나야만 했습니다... 그게 다예요."

어느 직업에 종사하든 각자 특유의 거짓말과 사연을 지어낸다는 것을 알기에 나는 '돈 후안'의 말을 회의적으로 들었다.

"'바로 떠나야만 했다'라... 왜 그래야만 했죠?"

그는 다음 삭망월[6]에 벌어질 나쁜 일이나 애벌레의 치명적인 습격을 예고하는 투로 단호하게 대답했다.

"설마 내가 여자를 확실히 차지한 날부터 그 여자가

_____
6 보름달이 된 때부터 다음 보름달이 될 때까지의 시간

행복해지는 일에 나를 바칠 거라 기대한 건 아니겠죠? 게다가 섹스를 그렇게 많이 했다면 만인의 연인이 될 수 없었을 겁니다."

이 이야기를 자정에서 새벽 두 시 사이, 그늘은 태양의 뒷면처럼 차갑고, 밤이 되면 바다의 존재와 매력이 드러나는 정체불명의 마을에서 들었던 것이 기억난다. 다미앵과 나는 호텔 로비의 유리창 아래에서 물이 많이 든 오렌지 주스를 마시고 있었다. 휴가철 끝자락의 호텔에 어울리는 오렌지 주스였다.

내 팬터마임 공연이 끝나고 다미앵이 분장실로 나를 만나러 왔다. "조금 쉬러 왔습니다." 그는 해묵은 낱말을 써 가며 짧게 설명했다. '흰머리가 생기기 때문에' 술을 끊었다며, 유리잔 위로 몸을 기울여 나에게 머리카락을 보여 줬다. 대체로 검은 머리카락 사이에 제법 많은 흰 머리가 알루미늄처럼 반짝이고 있었다. 그는 입술로 빨대를 세게 물고 오렌지 주스를 조심스럽게 마셨다. 그의 말쑥한 입술은 감미로움, 졸음, 슬프고 다정한 비밀을 떠올리게 하면서 여전히 젊음을 간직하고 있었다. "키스받는 입술은 조금도 시들지 않는다…"

나는 재치도 유머도 없고, 여자의 경계심을 풀고 신뢰와 즐거움을 주려는 바보스러움도 없었던 이 남자를 자주 생각했다. 다미앵이 가진 것은 남자로서의 기능뿐이었다. 나는 그의 어떤 면에도 마음이 흔들리지 않는다고 스스로 확신했지만, 이것이 단지 진실의 일부임을, 간단명료하고 쓸모없는 작은 진실의 조각에 지나지 않음을 매번 깨달을 뿐이었다.

"그녀들을 떠나야만 했다고요." 나는 다시 말했다. "하지만 왜 그래야 했죠? 승리만을 원해서인가요? 아니면 반대로 당신은 승리 따위는 안중에도 없는 건가요?"

그는 천천히 시간을 들여 생각했다. 그러다가 마치 먼 곳에서 내 질문의 의미를 마침내 깨달은 사람처럼 감정이 깨어났고 격한 증오심을 보였다. 그는 손뼉을 치더니 손깍지를 단단하게 꼈다. 나는 그가 이윽고 보이지 않는 대상에게 무작정 욕설을 내뱉을 거라 생각했다. 분노에 굴복하고 어떤 소란이든 피워서 그의 비논리와 나약함과 여성성이 탄로나기를 바랐다. 모든 여자가 적어도 한번은 남자들이 이런 식으로 무너지길 바란다... 세상으로부터 배척당했지만 자부심을 지닌 자의 내리깐 시선을 보호하는 사선의 블라인드 커튼 같은 명민한 눈꺼풀 대신에, 커다란 눈을 비장하게 한껏 치켜뜨며 하얗고 텅 비어 추해진 눈동자를 보여 주기를 바랐다... 그러나 내가 바란 그 어느 것도 이루어지지 않았다. 다미앵은 짧고 두서없는 구절들을 조용히 말하기 시작했다. 말의 의미를 소리나 단조로운 말씨와 분리할 수 없었기 때문에 세세히 기억하거나 글로 적기 어려웠다. 간혹 잠시 말을 멈춤으로써, 아주 깊은 원망을 때로는 감추고 때로는 드러냈다.

그는 한순간도 위엄을, 적어도 주목받는 삶에 익숙한 사람의 육체적 위엄을 잃지 않았다. 사람이라면 누구나 옛 시절부터 무의식 속에 욕설들을 묶어 놓고 오래 간직하기 마련인데, 다미앵은 그 억제의 끈을 풀지 않았다. 누구의 이름도 대지 않았다. 딱 한 번, 고상한 취향에 어긋나는 실수를 저질렀을 뿐이다. 자신의 정부들을 남편이나 애인의 작위, 계급, 사회적 지위에 따라 지칭했던 것이다. "공장장의 여자 친구 말인데, (...) 그 귀족 남편은, (...) 맙소사, 발칸반도산 곡물 수입업자가 여자한테 어찌나 지루하게 구는지!"

그는 오래도록 이야기했다. 호텔의 불이 꺼졌고 높은 천장에서 비치는 희미한 전등 하나만이 우리에게 허락되었다. 단정한 제복을 입은 야간 경비원이 흉측한 실내화를 질질 끌며 로비를 가로질러 갔다.

"(...) 이제 아시겠죠." 다미앵이 말했다. "그럼 나는요?

이 모든 것에서, 그러니까 여기서 나는 뭘 얻었습니까?"

누군가의 이야기를 듣는다는 것은 얼굴이 늙어 가고 목 근육에 통증이 생기고 말하는 이에게 시선을 고정하느라 눈꺼풀이 뻣뻣해지는 작업이다… 일종의 열성적인 폭식이다… 듣는 일뿐만 아니라 해석하는 행위도… 나열된 무미건조한 낱말들에서 비밀스러운 의미를 찾아내고 신랄함을 고통으로, 야성적인 욕망으로 끌어올린다…

"무슨 권리로, 무슨 권리로 그녀들은 항상 나보다 더 많은 걸 얻습니까? 그 사실을 의심이라도 할 수 있다면 좋겠는데. 하지만 너무 빤히 보였어요… 그녀들의 쾌락이요. 그건 진짜배기였죠. 눈물도 역시. 하지만 특히 쾌락이…"

여기서 그는 여자들의 외설스러움에 관해 전혀 늘어놓지 않았다. 다만 보이지 않을 정도로 미세하게 가슴을 폈다. 마치 '내부가 분할된' 기억 속에서 실제로 눈앞에 보인 광경을 떨쳐 버리려는 듯.

"섹스할 때는 자신을 지배하게 해 주지만, 절대로 동등해질 수 없습니다… 바로 그걸 용서할 수 없어요."

그는 낮은 목소리로 탄식했던 핵심적인 이유를 명

백하게 털어놓아 기뻐하며 숨을 돌렸다. 웨이터를 부르려는 듯 몸을 이쪽저쪽으로 돌렸지만, 밤의 호텔에 남은 사람은 가까운 곳에서 규칙적으로 코를 고는 오직 한 사람뿐이었다. 다미앵은 남아 있던 미지근한 탄산수를 마저 마시고 감미로운 입술을 차분하게 닦고 그의 마음속 깊은 곳의 사막으로부터 나를 향해 상냥하게 미소 지었다. 밤은 그를 가볍게 지나갔고, 그의 활기는 어떤 금욕주의의 일부처럼 보였다.. 이야기 초반에는 - 공장장의 유명한 애인을, 귀족 부인을, 희극 배우를 - 그녀들 하나 하나가 더욱 빛날 수 있도록 연달아 단독으로 지목했지만, 그 이후로는 복수형으로 통틀어 부를 뿐이었다. 군중 속에서, 사람들 틈에서 길을 잃은 채 젖가슴과 엉덩이, 눈물 자국 따위를 길잡이 삼아 더듬거리며 간신히 앞으로 나아갔다.

"쾌락이라, 좋아요. 쾌락, 그건 이해했어요. 이 세상에 쾌락이 무엇인지 아는 사람이 있다면 그건 바로 나입니다. 하지만 그보다 더한 건... 여자들은 너무 멀리 갑니다."

다미앵은 여인숙의 짐마차꾼처럼 유리잔에 남은 물을 카펫 위로 힘차게 비웠고 양해를 구하지 않았다. 그 미지근한 물방울들은 어느 한 여자를 향한 모욕이었을까, 아니면 엑소시즘을 두려워하지 않는, 보이지 않는 무리에 대한 것이었을까?

'여자들은 너무 멀리 갑니다.' 여자는 처음에는 남자가 데려간 곳까지만 간다. 남자는 여자에게 주입한 지식에 자신도 취해 비틀거리며 많은 것을 요구한다. 그리고 이튿날 바로 탄식한다. '어제까지만 해도 순진했던 내 여자는 어디로 갔지? 그리고 마녀 집회에서 막 돌아온 듯한 이 암염소랑 내가 무슨 관계인 거지?'

"그녀들이 정말로 너무 멀리 가나요?"

"날 믿어요." 그는 짧게 대답했다. "되돌아올 줄 모르고 계속 갑니다."

그는 특유의 방식으로 공공연히 눈길을 돌렸다. 펼쳐진 편지 앞에서 부정직하게 알아낸 내용이 자신의 얼굴에 드러날까 봐 읽고 싶은 욕구를 억누르는 사람처럼.

"그건 당신 잘못일 수도 있잖아요. 당신에게 익숙해지고, 진정하고, 한숨 돌릴 시간을 여자에게 준 적이 없나요?"

"그런 다음에는?" 그가 빈정거리는 투로 말했다. "평화가 온답니까? 밤에는 오이향 크림, 아침에는 침대에서 신문 보기?"

그는 거의 포착할 수 없을 정도로 미세하게 상체를 폈다. 그가 정신적으로 피곤하다는 유일한 고백이었다. 나는 그의 침묵을, 평생 적과 교섭한 적도 갑옷을 벗은 적도 없으며 섹스의 종말을 뜻하는 노쇠함을 인정하지 않는 이 남자의 생략된 말을 존중했다.

"다미앵, 그렇다면 당신의 사랑 개념은 오래전 젊은 처자들의 것과 같군요? 전사라고 하면 곧장 싸울 태세로 무기를 꺼내 든 전사밖에 떠올릴 줄 모르고, 연인이라 하면 금방이라도 사랑을 증명하고 싶어 하는 연인만 생각하는?"

"일리가 있습니다." 그가 수긍했다. "내가 알았던 여자들은 그런 면에서 불평할 게 없습니다. 내가 잘 가르쳐 줬으니. 하지만 그 대가로 그녀들이 내게 준 것은…"

그는 일어났다. 나는 그에게서 일전에 가까운 사이로 만났지만 거래로 실망을 산 적 있는 장사꾼의 모습을 발견할까 봐 두려웠다. 내 눈앞에서 그의 신비로움이 줄어드는 것, 돈 후안이 불행한 채권자로 변하는 게 두려웠다. 나는 서둘러 말했다.

"그녀들이 당신에게 준 것이요? 그녀들의 아픔을 준 것 아닌가요. 그거면 그리 나쁘지 않은 거래죠!"

바로 그때 그는 자신이 돈 후안에게 지배당하지도,

돈 후안을 질투하지도 않는다는 사실을 증명했다.

"그녀들의 아픔이라…" 그가 말했다. "흠. 그녀들의 아픔. 좀 모호하군요. 당신이 생각하는 만큼 거기서 뭘 얻어 내지 않았습니다. 그녀들의 아픔이라… 나는 못된 남자가 아닙니다. 단지 짧은 순간이라도 좋으니 내가 준 만큼 받아 보고 싶을 뿐이에요."

그는 떠나려 했지만, 나는 다시 그를 잡았다.

"다미앵, 말해 주세요… 당신이 다른 사람들과 대화하는 걸 몇 번 본 적이 있긴 하지만, 제가 본 사람들 말고, 남자인 친구들이 있었나요? 있으세요?"

그는 미소 지었다.

"그건 그녀들이 허용하지 않았을 겁니다."

그는 신선한 공기를 운반해 줄 배수로나 환기구 없이 여자들의 무더기에 파묻혀 있었다… 하지만 이 남자의 삶에 혐오감을 느끼려는 순간, 지금 상태에서 다미앵이 조금이라도 다르게 행동하거나 '뉘우친다면', 어지간히 전설적인 한 인물이 초라한 캐리커처로 전락하리라는 것을 황급히 알아차렸다. 나쁜 여자들에 대해 그의 어깨를 두드리며 "그만 잊어… 그건 그렇고, 우정이란 말이야…"라고 위로하는 친구들을 둔 쾌활한 다미앵이라니. 내가 막 그의 마지막 타락을 상상한 순간, 다른 미덕이 없기에 그의 자존감 전부나 다름없는 특유의 준엄함으로 그는 나를 안심시켰다.

"아무런 할 말이 없습니다. 남자들과는 하고 싶은 말이 있었던 적이 없죠. 그런 적이 얼마 없긴 하지만 만나서 얘기해 보면, 남자들의 대화는 보통 역겹고 게다가 지루합니다. 나는..." 그는 망설이며 말했다. "나는 남자들을 이해하지 못한다고 생각합니다."

"그건 과장이에요, 다미앵. 만약 당신이 먹고살기 위해 어쩔 수 없이 남자들과 어울려 지내고 일상을 그들과 나눠야 했다면, 아니면 만약에 여자들이 당신의 재산을 탕진했다면..."

"탕진했다? 왜 탕진이죠? 우리가 몰두한 화제, 이렇게 늦은 시간까지 - 대체 왜 그랬는지 궁금하군요 - 우리를 여기 붙잡아 둔 이야기와 돈이 무슨 상관입니까?"

그는 자신이 인내심을 잃고 있다는 사실을 깨닫고 조금 더 부드럽게 말을 이었다.

"당신은 그런 얘기를 들었겠죠. 사랑의 문제에는 돈이 필연적으로 얽히게 된다고. 그렇다고 들었을 테죠..."

그는 늦은 시간인데도 산뜻하게 미소 지으며 말했다.

"당신에게 아들이 없는 게 유감입니다. 아들이 있었

다면 나 같은 남자가 꼭 알아야 할 것을 가르쳐 줬을 텐데…"

나는 반발했다.

"그 조언은 보나마나 쓸모없었겠죠. 내 아들이 당신 같은 남자일 가능성은 희박해요…"

"가슴 아파하지 마세요." 그가 기분 나쁠 정도로 상냥하게 말했다. "누구나 나를 닮은 아들을 둘 수 있는 건 아니죠. 내가 아는 사람 중에 고작 두세 명 있는데, 그들은 눈에 띄지 않습니다… 어쨌든 알려 드리죠. 당신은 이해하지 못하겠지만. '아무것도 주지 말고, 아무것도 받지 마라.'"

나는 어안이 벙벙해졌다.

"이제 알겠죠?" 다미앵이 즐거워하며 말했다. "기분이 아주 좋군요. 나는 당신이 다른 여자들보다 똑똑하지 않으면 어쩌나 하고 항상 조금 두려웠습니다. 친애하는 친구, 이렇게 늦게까지 잡아 둬서 미안합니다…"

"잠깐." 나는 그의 소매를 잡으며 외쳤다. "당신의 위신을 지키고 싶다면 설명해 주세요. 나는 내가 이해하지 못하는 걸 무조건 존중하지 않아요. '아무것도 주지 말고'에서 '아무것도'가 무엇이죠? 꽃이나 왕관? 보석, 지폐, 미술품? 골동품, 금, 신용, 가구, 부동산 같은 건가요?"

그는 둥글고 잘생긴 머리를 근엄하게 기울였다.

"그것들 모두요. 이 규칙을 지키기 어렵다는 것은 나도 압니다. 하지만 금세 깨닫게 되죠. 팔찌에는 독이 묻었고, 반지는 부정(不貞)하고, 지갑이나 목걸이는 꿈을 어지럽히고, 돈은 도박장을 향해 달려간다는 것을..."

그가 자신이 창조한 학문에 우쭐해하고 마을의 수맥 점술가처럼 사실을 부풀리며 다시 거드름 피우는 모습을 보게 되어 즐거웠다.

나는 웃으며 말했다. "주지도 말고 받지도 말아야 한다고요? 사랑하는 남녀가 둘 다 가난하면 서로 신중하게 함께 죽어야 하나요?"

"죽게 내버려 둬야 합니다." 그가 말했다.

나는 로비의 유리 회전문까지 그를 바래다줬다.

"죽게 내버려 둬요." 그는 다시 한번 말했다. "그게 덜 위험합니다. 내 명예를 걸고 맹세하건대, 나는 아무것도 선물하거나 빌려주거나 교환한 적이 없습니다. 다만..."

그는 양손을 이리저리 옮겨 가며 복잡한 손짓으로 가슴, 입술, 성기, 허벅지를 가볍게 스쳤다. 내가 피곤해서 더욱더 그랬겠지만, 그 모습은 두 발로 서서 보이지 않는 것을 설명하는 짐승처럼 보였다. 단정하고 인간적인 존재로 되돌아온 그는 문을 열고 바깥의 밤 속으로 수월하게 녹아들었다. 바다 빛깔은 이미 하늘보다 조금 연해져 있었다.

다미앵과의 추억은 내게 소중하다. 내게 친한 친구가 부족했던 적은 없지만 친하지 않은 친구, 그러니까 나와 그들 사이에 공기처럼 떠도는 관능적인 분위기로 말미암아 신랄하고 생기 넘치다 활력을 잃는 그런 이들은 드물었다… 나는 다미앵이 자신의 오류 – 우리는 우리가 인정하지 않는 믿음을 오류라 부른다 – 를 고집하는 모습을 좋아했다. 게다가 그는 불가사의한 공허, 특출한 존재와 이른바 역설적인 평형 속에서 유지하는 그들의 안정성, 특히 관능적 명예의 다양성과 견고함에 대해 내가 늘 가지던 취향을 만족시켰다. 명예에 관한 문제뿐만 아니라 서정성도 중요했다. '죽게 내버려 두는' 행위와 사랑을 나눈 여자들을 저버리는 행위 – "바로 떠나야만 했습니다." – 에 다미앵이 서정성을 부여했듯이. '바로 떠나야만 했다'는 생각이야말로 그의 단순함의 증거라고, 속으로는 계산적으로 행동한다고 생각하지만 사실은 시인이며 운명론자라고 말해서 그를 아연하게 할 생각은 추호도 없었다. 그가 가장 사랑하는 일이면서 아무런 성과가 없는 그의 사명은 삶에서 다른 모든 것을 차단했다. 그는 논쟁에 소질이 없어서 야생의 짐승이 새끼를 가르칠 때처럼 무작정 경험하라는 원칙을 내세웠다. "봐라. 내가 이렇게 뛰지, 너도 이렇게 뛰어야 해." "왜요?" "이게 뛰는 방법이니까." 그렇지 않았다면 나는 다미앵으로부터 직접 그에 대해 많은 것을 알아낼 수 있었을 것이다.

나는 이 추억의 주변을 맴돈다. 다미앵이 살아 있다면 일흔 살이 넘었을 것이다. 그가 해방될 때가 온 걸까? 해방된 다미앵의 가치는 무엇일까? 그가 이 이야기를, 관능에 관한 인류의 보물 같은 지식에 내가 개인적으로 기여하고 싶어 쓴 이 책을 읽는다면, 회색빛의 머리칼을 지닌 왜소하고 말 없는 신사는 미소 지으며 어깨를 으쓱할 것이다. 만약 그가 말년에 선량한 여자와 결혼했다면, 이것이 자신의 이야기임을 그녀에게 말하지 않을 것이다. 이야말로 그의 마지막 기쁨이며 가장 깊은 어둠이리라. 다미앵 같은 사람이 떳떳하게 밝힐 수 있는 최후는 너무 이르게 찾아온 죽음뿐이지 않을까? 그러나 정복과 고독과 헛된 도주에 자신을 바치기로 맹세한 남자에게 때 이른 죽음이란 없다. 몇 살에 죽어도 이상하지 않다.

다미앵은 다른 남자들이 한목소리로 "무엇에도 관심 없는 작자"라 부르는 유형이었다. 나는 그가 어쩌다 보통 남자들과 교류하게 될 때, 난처해하고 일시적으로 불리해지는 사람은 다미앵임을 목격했다. 다른 남자들이 다미앵 앞에서 여자 얘기를 하면, 그는 겨우 대꾸할 뿐이었다. 그런데 다미앵 주위로는 향수와 같은 미묘한 영역이 팽창하곤 해서 점차 그것을 눈치챈 다른 남자들이 불쾌하게 동요했다. 그들은 이 불쾌감을 나름대로 표현했다. "저자는 직업이 뭐죠?" 그중 한 명이 나에게 물었다. "옆에 있기 꺼림칙하군요. 남색을 밝히는 사람이라는 데 걸겠습니다." 이 의심 많은 사람이 자신의 솔직한 양가감정을 드러내는 것을 보고 나는 웃었다. 그는 유혹받은 새침한 여자처럼 까칠해져서 불안감에 푹 젖어 있었고, 이 수상쩍은 남자에게 멸시의 눈초리를 던졌다. 다미앵의 여자들 중 한 명이 그에게 굴복하기 직전에 던졌던 바로 그 눈초리였다. 그녀 역시 처음에는 다미앵을 "그 작자"라 불렀다. 그녀는 다미앵 옆에 앉아 있다가 일어설 때면 부스러기를 떼어 내려는 듯 치마를 툭툭 털었다. 병적인 버릇 같은 그 행동에 나는 강한 인상을 받았다.

"그녀를 내버려 둬요." 나는 다미앵에게 말했다.

"난 아무 말도 안 했습니다." 그가 대답했다.

실제로 그는 그녀 주위를 맴돌며 시시한 말 몇 마디만 걸었을 뿐이었다. 그러면 그녀는 언제나 안절부절 못하며 일어나 속내를 내비치며 카지노의 테라스, 응접실의 창문, 정원 입구 따위의 출구를 향해 걸어갔다… 그는 더 묻지 않고 자리를 떴다. 그리고 그녀는 돌아와서 맹목적으로 다미앵을 찾았다. 빚은 듯 완벽한 코의 콧구멍을 벌름거리며 찾아다녔고, 거친 손길로 빈 의자들을 흐트러뜨리는 모습에서 알 수 있었다. 그녀를 보면서 나는 다미앵 곁에서는 누구나 일종의 감미로움을 맡는다고 확신하게 되었다. 후각으로 규정하고 인간의 오감 중 가장 귀족적인 감각이라 강조하며 내가 틀림없이 미화하고 있는 그 감미로움을.

그 뒤로 두 연인 사이에 벌어진 일은 흔해빠진 수순이었다. 젊은 여자는 화사했다가 창백해졌고, 수줍어하다가 명랑해졌고, 욕망을 억누를 때는 폭삭 늙었다가, 더 이상 억누르지 않자 화색이 돌며 젊어졌다. 다미앵이 한 말이자 그의 신념이기도 한 '바로 헤어져야만' 하는 순간이 되자, 다미앵이 그녀를 우물 바닥으로 던져 넣기라도 한 것처럼 그녀는 사라져 버렸다.

분명 나는 이 이야기를 함으로써 이 쾌락의 분배자,

충분히 보상받지도 못하고 (그가 원한다 해도) 아마 단한 명의 여자도 행복하게 해 줄 능력이 없는 남자의 명예를 더럽히고 있다. 다미앵 역시 그가 무한히 신뢰한쾌락에 의미를 부여할 때 그만의 방식으로 '너무 멀리'갔다. 만인의 연인이었던 그의 성적 능력에 대한 강박은 사실은 성적 불능에 대한 강박이 아니었을까?

만약 다미앵이 넓은 아량으로 쾌락의 절정을 연기해 그를 속이는 여자를 만났다면 뭐라고 했을까? 하지만 그 점은 걱정하지 않는다. 그는 필연적으로 샤를로트를 만났을 것이다. 어쩌면 두 번 이상.

샤를로트는 고개를 옆으로 돌리고 머리카락으로이마, 뺨, 반쯤 감긴 눈을 가린 채 남자의 환희에 냉철하게 주의를 기울이며 그에게 짧게 끊은 신음을 들려주었을 것이다… 샤를로트 같은 여자들은 마치 약속이라도 한 듯 하나같이 머리카락이 길었다…

내가 아직 다미앵의 매력을 몰랐을 때 – 적어도 모른다고 생각했을 때 – 그에게 우리가 함께 여행을 간다면 긴 침묵을 마다하지 않는 친구로, 예의 바르게 자기중심적이고 서로를 편하게 해 주는 한 쌍일 것이라고말한 적이 있다.

"나는 여자들과 여행하는 것만 좋아합니다." 그가

대답했다.

상냥한 어투 덕분에 그가 한 말 자체의 가혹함은 어느 정도 상쇄되었다. 그런데 나를 불쾌하게 했을까 걱정한 나머지 '상황을 무마하려고' 더 심한 말을 해버렸다…

"당신도 여자라고? 그러길 바라겠지만…"

라슈발리에르

육상 선수는 다른 선수에게 패배하더라도 자신보다 더 빠른 속력으로 공기의 저항을 이겨 내어 일정 거리를 주파한 상대의 재능에 경의를 표한다. 다미앵의 말에 나는 한동안 속상했다. 우연하게도 그것이 그가 내게 남긴 마지막 몇 마디라서 더욱 그랬다. 그래서 내가 그 시기에 남몰래 여자가 되기를 원하고 있었다고 그에게 고백할 기회가 없었다. 나의 예전 모습, 내가 나를 꾸미는 이야기, 내 옷차림과 외모를 속속들이 보란 듯 꾸며 냈던 그 모습을 말하는 게 아니다. 내가 말하려는 것은 극도로 복잡한 몇몇 인간들이 대부분 가지고 있는 마음의 짐인, 진정한 정신적 자웅동체에 대한 얘기다. 만약 그때 다미앵의 말이 나를 화나게 했다면, 정신적 중성(中性)을 추구하는 욕망의 특권과 결함에서 벗어나, 아직 뜨겁게 살아 있는 내면의 여성성을 한 남자의 발치에 내던지기를 원하고 있었기 때문일 것이다. 그 남자에게 나는 충분히 여성스럽고 싱싱한 육체를 내어 주고, (아마 거짓말이겠지만) 그를 섬기겠다고 나섰을 것이다. 하지만 다미앵은 속지 않았다. 그는 정확히 무엇인지는 알 수 없는 나의 특질에서 내 안의 남성성을 간파했고, 나에게 끌렸지만 도망쳤다. 나중에 그는 불만과 불신이 가득한 상태로 돌아왔다. 그래서 나는 그가 해 줬던 경고를 활용할 생각을 하지 못했다.

눈먼 자에게 하는 경고가 무슨 의미가 있을까? 눈먼 사람은 으레 그렇듯이 오직 자신만이 옳다고 믿고, 자신을 해치려 든다. 그러니 나는 어리석고 충실하게 스스로에게 상처를 준 것이었다...

"그렇게 속상해할 일이 아냐." 어느 날 마르게리트 모레노[1]가 나에게 말했다. "어떤 여자는 어떤 남자에게 동성애의 위험을 의미한다는 사실을 왜 인정하지 않지?"

"그런 식으로 너와 나의 자존심은 달랠 수 있겠지, 다른 사람들은 몰라도. 하지만 네 말이 사실이라면, 대체 누가 우리를 여자로 생각하겠어?"

"다른 여자들이. 여자들만이 우리의 정신적인 남성성에 기분 나빠하지도 않고 속아 넘어가지도 않지. 잘 생각해 봐..."

나는 마르게리트에게 멈추라고 손짓했다. 상대의 말을 이해하자마자 말하는 중간에 멈추게 하는 것은

---

1 Marguerite Moreno(1871~1948). 프랑스 배우. 연극과 영화에 출연했다.

우리 사이의 무정한 버릇이었다. 마르게리트 모레노는 내가 품위를 지키기 위해 그런다고 믿고 말을 멈췄다. 서로 무슨 말이든 할 수 있는 두 여자의 대화에서 생략된 주제와 낱말이 얼마나 많은지 상상조차 할 수 없을 것이다. 두 여자는 무엇을 말할지 선택하는 호사를 누린다.

"상당히 많은 남자들이 정신적으로 여성성을 지니고 있어… 다시 말하지만 '정신적으로.'" 모레노가 말했다.

"알아들었어." 나는 침울하게 대답했다.

"왜냐하면 그들은 품행 면에서 흠잡을 데가 없고, 꼿꼿하기 짝이 없거든!"

나는 흐뭇해져서 찬성한다는 뜻으로 고개를 끄덕였다.

"그리고 용감해. 통상적인 의미로. 뭐랄까, 군대에서 용감하다고 할 때처럼 말이야. 하지만 그들은 제 손톱만큼도 안 되는 조그마한 벌레가 스치기만 해도 비명을 지르지. 그러다 바퀴벌레 정도 되는 괴물이 나타나면 완전히 창백해지고!"

"'그들'이라니, 그렇게 많아? 마르게리트?"

마르게리트는 짐짓 현학적이고 심각한 분위기를

잡으며 고개를 숙였다. 관객들은 스크린에 상영된 그녀의 이런 모습을 희극적이라 여겼다.

"그렇다면 우리는? 남자들에게 '동성애의 위험'을 뜻하는 우리 같은 여자도 그만큼 많아?"

"전혀 많지 않아, 유감스럽게도. 숫자만이라도 비슷하다면 서로 이해할 수 있을 텐데. 내 말 아직 안 끝났어. 바퀴벌레까지 말했지. 그런데 너도 보지 않았니? **여성성을 지닌 남자들**이 여자와 단둘이 싸울 때 한 치의 예외도 없이 자신들이 욕을 퍼붓는 여자의 얼굴이 아니라 손에 시선을 고정하는 걸?"

"남자랑 싸울 때는?"

"그런 남자들은 다른 남자랑 말싸움하지 않아. 사실은 남몰래 두려워하기 때문에 무시해 버리거든. 남자와 대화하지 않기 위해 차라리 결투를 신청하지."

나는 웃음을 터뜨렸다. 과거에 입은 상처가 아직 생생하게 아프더라도, 조금 멀리 떨어져서 따져 보고 비웃는 일은 도움이 된다.

혜안을 지닌 마르게리트가 말을 이었다. "요컨대 그들은 종종 우리 표정에 속지만, 우리의 등을 보고 판단하면 더 안전하다는 거야... '아! 그런 남자들은 참 우아하게 웃고 쉽게 눈물 흘리지!"

마르게리트는 스페인어로 욕을 하더니 옛 기억이 떠오르는지 언짢은 표정을 지었다.

그러고는 하품을 하고 잠들었다. 마르게리트의 강렬하고 무성적인 시선은 안락의자 등받이에 머리를 기대자마자 부드러워졌다. 버스나 전철에서 10분, 리허설 중에 어느 장면에서는 오를레앙공 필리프 2세의 섭정 집무실에 놓였다가 다른 장면에서는 산사나무 울타리 옆에 놓이는 스툴에 앉아 15분, 영화 스튜디오의 열대 지방 세트 아래에서 10분 졸고서 원기를 회복할 줄 아는, 재빨리 잠에 빠져드는 숙련된 일꾼처럼. 앉아서도 자고 기대서도 자는, 걱정 많고 피로하고 책임감 있는 사람들의 졸음… 잠든 그녀는 단테를, 또는 세련된 스페인 귀족을, 아니면 레오나르도 다 빈치가 그린 세례 요한을 얼핏 닮았다. 풍성한 머리칼을 자르고, 젖가슴, 손, 배를 가린다면 우리 외양에서 여성적인 면은 무엇이 있을까? 깨어 있는 상태가 여자들을 자신에 대한 무지로 머물게 하는 반면, 잠은 셀 수 없이 많은 여자를 의심의 여지없이 스스로 선택할 법한 형상에 데려간다. 남자도 마찬가지다… 오, 잠자는 남자의 매력, 눈앞에 생생하게 보인다! 그의 감긴 눈꺼풀 뒤로는 이마부터 입술까지 오로지 격자 창살 뒤의 이슬람 왕비 같은 미소와 무관심과 짓궂음만이 있었다... 그리고 바보처럼 간절하게 온전한 여자가 되고 싶었던 나는 남성적인 향수에 빠져 그를 생각했다. 사랑스러운 웃음소리를 내고 아름다운 시나 풍경에 감동하던 그 남자...

이런 남자는 살면서 두 번 이상 만나는 법이다. 두 번째로 만났을 때는 덜 무섭다. 쾌락을 제공하고 해를 끼치는 기술을 가진 유일한 존재인 줄 알았는데, 다시 나타남으로써 신비로움이 줄어들기 때문이다.

우리는 마지못해 그가 받아 마땅한 보편적 성격들과 필연적인 신체 특징들을 그에게 부여한다. 이런 식으로 우리는 그를 평범하게 만들어 버린다. 비록 여자에게 이용당하고 적의의 대상이 되도록 설계되었지만, 그는 자신과 같은 부류의 남자를, 그들의 상냥한 위험을 멀리서부터 알아본다. 그는 자신과 닮은 부류와 어쩔 수 없이 맞서야 한다면 재빨리 상대의 명예를 손상시키는데, 사실은 도망치는 편을 선호한다. 어느 여자가 그를 가리켜 '그'가 아니라 '그들'이라고 말하는 순간, 자신의 힘을 잃는다는 것을 알기 때문이다...

"그런데 마르게리트, 연달아 남을 괴롭히는 사람은..."

하지만 마르게리트 모레노는 그녀의 콩키스타도르

같은 코를 모험의 방향으로 돌리고 자고 있었다. 깊은 잠에 든 그녀의 작고 단단한 입술은 구슬퍼 보였고, 깨어 있을 때면 언제나 자신과 다른 의견에 동의하기를 거부했던 공격적인 표정 역시 부드러워졌다.

나는 조심스레 얇은 이불을 집어 잠자는 이의 몸속에서 긴밀하게 결합된 시멘과 시드³에게 덮어 주었다. 그리고 내 책상 가장자리에 다시 앉았다. 내 여성스러운 눈은 터키 옥색의 모조 독피지 위에 글을 쓰는, 흡사 정원사의 것 같은 작고 거친 손을 따라갔다.

여성은 고귀하고 비범한 솔직함과 고결한 겸손함이 있어야 자기 안에 숨겨진 성 정체성의 어떤 점이 공식적인 성을 기울이고 넘어뜨리는지 판단할 수 있다. 솔직함은 저절로 피어나는 꽃이 아니고, 겸손함도 마찬가지다. 내 위치를 처음으로 나에게 일깨워 준 사람은 다미앵이었다. 단 한마디 말로. 그는 머릿속으로 나에게 구경꾼의 자리를 배정했을 것이다. 구경하다가 도취되면 비틀거리며 달려 나가 연기 중인 단역들과

2 스페인어로 '정복자'라는 뜻이다 16세기에 중남미를 침략해 문명을 파괴하고 원주민을 학살한 에스파냐인을 가리킨다.
3 중세 에스파냐의 전설적 영웅 시드와 그의 애인 시멘을 가리킨다. 시드의 전설을 소재로 많은 문학 작품이 쓰였다. 그중에 프랑스 극작가 피에르 코르네유의 〈르 시드〉가 유명하다.

합류할 특권이 있는 자리를. 뻣뻣하게 세운 목깃, 넥타이, 짧은 재킷, 납작한 스커트를 입고 두 손가락 사이에 불붙은 담배를 끼운 내 사진들은 나를 그다지 오래 속이지 못했다. 물론 내가 그 사진 속 여자를 바라본 시선은 악마 같은 늙은 화가 볼디니[4] 특유의 시선보다 덜 날카로웠지만. 볼디니를 처음 본 곳은 그의 화실이었다. 어느 여인의 커다란 미완성 초상화 속 드레스는 박하사탕처럼 눈부시게 하얀 새틴 재질의 드레스였고 모든 빛을 강렬하게 흡수하고 반사했다. 그리핀[5]을 빼닮은 볼디니는 초상화에서 시선을 돌려 나를 한참 뚫어지게 쳐다봤다.

"저녁이면 턱시도를 입는 사람이 당신이요?" 그가 말했다.

"가장무도회에 입고 갔을지도요…"

"마임도 하죠?"

"네."

"무용복 없이 무대에 오르는 사람이 당신인가요? 다 벗고 '코시 코시[6]'하며 춤추는?"

"잠깐만요. 저는 어디서도 나체로 무대에 선 적이 없습니다. 사람들이 그렇게 말하고 신문에서 떠들어 댔을지는 몰라도, 진실은..."

그는 내 말을 더 듣지 않았다. 교활하게 찡그리며 웃었고, 이렇게 중얼거리며 내 볼을 살짝 두드렸다.

"착하고 정숙한 아가씨, 착하고 정숙한 아가씨로구 먼!"

그는 금세 나를 잊고 마치 악마처럼, 폴짝폴짝 개구 리같이 뛰고 킥킥 웃어대고 고함을 지르며 마술 같은 붓질을 하는가 하면 이탈리아 연애시를 읊조리고 혼잣 말을 하면서 박하사탕처럼 하얀 드레스를 입은 초상화 의 주인공을 칠하기 시작했다.

"큰 **실수**야! 큰 **실수**인데!" 별안간 그가 소리 질렀다.

그는 뒤로 세 번 펄쩍 뛰고 잘못된 지점을 쳐다보다 가 준비 태세를 하더니 재빨리 섬세한 붓질로 다듬었 다.

"기적적으로 고쳐졌군!"

그는 더는 나에게 주의를 기울이지 않았다. 안락의 자에는 아무도 입지 않은 밋밋하고 허연 드레스가 포 즈를 취하고 있었다. 바로 이 빛바랜 흰 드레스가 그림 속의 드레스였다. 그는 캔버스에 칠하고 또 칠하고 있었다. 크림의 흰색, 눈의 흰색, 광택 있는 종이의 흰색, 새로 가공한 금속의 흰색, 심연의 흰색, 사랑의 흰색, 지독하게 구현하기 어려운 흰색. 다리 근처에서 내 애완견 토비가 떨고 있었던 기억이 난다. 우리 앞에서 뛰어다니는 이 기이한 예언가에 대해 토비는 이미 나보다 더 많은 것을 알고 있던 게 분명했다...

기분이 상한 '착하고 정숙한 아가씨'는 의연하게 방을 나섰다. 런던에서 수입된 넥타이 매듭을 바로잡고 불량 청년 같은 분위기를 풍기며, 거의 고갈된 속물근성에 기대어 흔적 같은 인생을 소심하게 살아가는 이상한 여자들에게 갔다.

내가 남자 흉내를 내던 때, 그때 나는 얼마나 겁먹었나, 머리카락을 짧게 잘랐지만 얼마나 여성스러웠나! "대체 누가 우리를 여자로 생각하겠어?" "다른 여자들이." 속지 않은 건 오직 여자들뿐이었다. 앞면에 주름이 잡힌 셔츠, 뻣뻣한 목깃, 때때로 조끼, 언제나 실크 손수건 같은 뚜렷한 기호를 활용해 나는 모든 세계의 가장자리에 있던, 소멸해 가던 세계를 자주 드나들었다. 비록 지난 25년에서 30년 동안 풍습은 — 좋은 것이든 나쁜 것이든 — 바뀌지 않았지만, 특권 의식이 스스로 소멸함으로써 앞서 말한 이미 약해져 있던 세계를 점차 더 쇠

약하게 만들었다. 이 세계의 구성원들은 두려움에 떨
며 사회의 공기와도 같은 위선 없이 존재하려고 애썼
다. 남장 여자들은 '개인적 자유'를 호소했고 자신들의
사랑도 견고하고 공고한 남성의 동성애와 동등하다고
자처했다. 비록 작은 목소리였지만, 남장 여자에게 엄
격했던 레펜 경찰국장을 조롱했다. 파티를 구성원들끼
리만 비밀리에 열 것을 요구하고, 파티에 가면 긴 바지
와 턱시도를 입고 깍듯이 행동했다. 그녀들은 주사위
놀이와 카드놀이를 하는 죄스러운 즐거움을 맛보기 위
해 술집과 식당을 드나들기를 원했다. 그러다가 단념
했고, 이제 막 구성원이 된 가장 강경한 여성조차 자선
사업을 하는 부인처럼 검소하고 긴 외투를 걸쳐 그녀
가 입은 남자 양복이나 가장자리에 장식이 달린 재킷
을 숨기지 않고는 길을 건너지도, 마차에서 내리지도
않게 되었다…

　그중에서도 가장 잘 알려진, 그러면서도 가장 많
은 오해를 받은 여성의 집에는 고급술, 길쭉한 시가, 위
풍당당한 기수의 승마 사진들, 아주 아름다운 여자들
의 나른한 초상화 한두 점으로 가득했다. 그녀의 관능
적이고 당당한 독신 생활을 보여 주는 상징들이었다.
하지만 어두운색의 남자 옷을 입은 집주인에게는 어

떤 즐거움도, 어떤 허세도 어울리지 않았다. 잡티나 홍조 없이 빛을 환하게 비춘 고대 로마의 대리석처럼 창백한 얼굴의 그녀는 목소리가 작고 부드러웠다. 남성적인 여유가 있었고 격식을 차렸으며 몸짓은 점잖았고 자세는 남자처럼 균형 잡혀 있었다. 내가 그녀를 알고 지내던 시절, 그녀가 남편의 성을 따른다는 사실이 충격이었다. 그녀의 친구들은 그녀의 적들과 마찬가지로 늘 그녀를 성이 아닌 이름으로, 아니면 '라슈발리에르[7]'라는 별명으로 불렀다. 그녀의 우아한 이름과 별명은 건장한 남자 같은 몸집과 과묵하고 다소 수줍은 그녀와 어울리지 않았다. 상류층 출신인 그녀는 군주답게 자신의 품위를 스스로 떨어뜨렸다. 군주들이 으레 그렇듯 그녀에게도 꼭 닮은 사람들이 있었다. 나폴레옹 3세와 닮은 사람으로 조르주 빌이 있었고, 빌은 나폴레옹 3세보다 훨씬 오래 살았다. 라슈발리에르는 창백하게 분을 칠한 자만심 강한 남장 여자가 자신과 같은 이니셜로 서명하고 사람들 앞에 나서는 것을 막을 수 없었다.

라슈발리에르 주위로 모여들어 그녀의 포도주와

---

7 라슈발리에르La Chevalière는 중세 시대의 말 탄 무사였던 '기사'의 여성형이다.

지갑을 비우던 동지들을 나는 오늘날 어디서 찾을 수 있을까? 제국의 남작 부인, 수녀, 차르의 사촌, 대공의 사생아, 영리한 파리의 부르주아들, 그리고 승마를 사랑했던, 강철 같은 눈과 손을 지닌 오스트리아 귀족들… 이들 중 몇몇은 지혜롭고 순박한 여자, 그 시대의 마지막에서 두 번째였던 진짜 화류계 여자, 뮤직홀의 스타 등 자신들보다 젊은 여자들을 보호하고 집착하며 품었다. 호기심 많은 이들은 보호하는 여인이 보호받는 여인에게 속삭이던 내용을 엿듣고 크게 실망했다. "수업은 어땠어? 이제 쇼팽 왈츠를 좀 알겠니?" "여기서 모피 코트 벗어. 몸이 더우면 저녁때 목소리가 안 나와. 그래, 자기가 나보다 훨씬 잘 알겠지, 그건 알아. 하지만 난 닐손[8]에게 배웠거든…" "쯧쯧, 자기… 누가 바바오링[9]을 칼로 자르니. 자, 포크를 집고…" "시간 개념이 하나도 없네, 내가 대신 챙겨 주니 망정이지… 매번 집에 늦게 들어가서 남편을 언짢게 하는 게 자기한테 좋을 리가 있겠어?"

지새우는 밤들, 어두운 곳, 한가로움, 도박을 좋아하며 자유롭지만 겁에 질린 이 여자들 틈에서 냉소적인 말을 들은 적이 거의 없었다. 말을 할 때 암시만으로 충

---

8   Christina Nilsson(1843-1921). 스웨덴 오페라 가수. 파리에서도 활동했다.
9   럼주 등의 술에 절인 슈크림 빵

분했다. 딱 한 명, 통통한 도살업자처럼 생기 있는 얼굴의 독일 공주가 대담하게 여자 친구를 "내 본처"라고 소개했고, 그러자 무뚝뚝한 남장 여자들은 코를 찡그리고 귀를 닫았다. "숨기려는 건 아니야, 단지 일부러 내보이는 건 싫어서." 자작 부인 X가 짧게 설명했다.

보호받는 사람들은 달랐다. 당돌하고 어리고 교활하며 흔히 탐욕스러운 여자들이 남장 여자들 주위로 몰려들었다. 남장 여자들은 타고나기를 아니면 어릴 적부터, 지위가 낮고 제복 입은 하인들을 좋아하는 취향이 있었고 그 때문에 최선을 다해 숨기려 하지만 도저히 고칠 수 없는 소심함을 풍긴다. 그녀들은 기쁨을 준다는 자부심이 있었기에 다른 어떤 명예도 필요하지 않았다. 젊은 여자들이 말을 높이지 않아도 너그러이 받아 줬고, 그런 부당한 대우 속에서 어릴 때 하인들의 식탁에서 식사할 때 불안감에 떨며 느꼈던 은밀한 기쁨을 되찾았다…

그녀들은 비틀거리며 처음 걷기 시작할 때부터 하인들과 함께 생활했다. 하인 중에는 자기편인 사람도 있었고 괴롭히는 사람도 있었다. 그녀들은 오빠나 남동생에게 그러하듯 하인들이 두려워 떨기도 했고 사랑하기도 했다. 아이에게는 사랑의 대상이 반드시 필요하다. 내가 말하는 남장 여자들은 나보다 훨씬 나이가 많았고 부유한 부르주아지보다 오히려 귀족들이 더 번번하게 자녀들을 하인에게 맡기던 시대에 살았다. 급료를 받는 박해자와 방탕한 지지자, 누가 더 아이에게 가치 있었을까? 나에게 이야기를 들려준 여자들은 그들을 평가하지 않았다. 그녀들은 무언가 꾸며 낼 생각 없이 냉정하게 하인들의 식탁에서의 진수성찬이 어땠는지 이야기했다. 아이들에게 술을 따라 줘서 해롱해롱하게 만들고, 또 어느 날에는 딱하고 못된 하인이 아기를 포식시키고 바로 다음 날에는 젖 먹이기를 아예 잊어버린다고… 그녀들은 신문 기사처럼 감상적인 어조로 말하지 않았다. 단 한 명도 어린 순교자의 지위를 요구하지 않았다. 여섯 살부터 열다섯 살 때까지 손위 형제자매에게서 물려받은 구멍 뚫린 신발만 신었던 X 공작의 딸조차도. 그녀는 약간 빈정대면서도 대체로 단조로운 어조로 내게 말해 주었다.

"아이들 방으로 통하는 복도에는 두 개의 문 사이에 작은 장미목 책상이 있었어. 어머니가 그곳으로 치우게 했지. 세브르 도자기 재질의 커다란 원형 장식이 박혀 있었고 그 안에서 다이아몬드로 된 왕비의 모노그램과 왕관이 반짝거렸어. 어머니는 그 가구를 좋아하지 않았어. 그래서 저녁 먹기 전에 옷을 입을 때면 우리는 어머니를 기쁘게 해 드리려고 진흙투성이 신발로 세브르 도자기 원형 장식과 반짝이는 다이아몬드 위를 마구 밟았지..."

증오하던 남자와 결혼한 그녀는 임신했다고 믿고 절망에 빠졌을 때, 감히 어디에도 털어놓지 못했다. 다만 평소 무서워했던 늙은 시종 - 예로부터 시종들은 왕족과 귀족 자녀들을 타락시키는 주범이었다 - 한 명에게만 말했다.

"시종은 물약을 갖다줬어." 그때의 감동이 떠오르는 표정으로 그녀가 말했다. "이 세상에서 오직 그 시종만 날 가엾게 여겼어... 맛이 지독한 물약이었지... 울었던 기억이 나..."

"아파서요?"

"아니... 그 끔찍한 걸 삼키는 중에 늙은 시종이 날 위로하려고 아주 작게 '니냐... 포브레시타...[10]'라고 속삭였기 때문이야. 내가 어렸을 때처럼."

어린 시절을 잃은 듯 묘하게 고아 같은 여자들, 이제 막 노년에 접어들어 다음 세대를 다정하게 가르치

---

10 스페인어로 '니냐'는 작은 소녀, '포브레시타'는 가여운 여자아이라는 뜻이다. 원문: Niña... Pobrecita...

는 여자들을 나는 도저히 우스꽝스럽게 여길 수 없었다. 어떤 이들은 모노클을 쓰고 단춧구멍에 카네이션을 꽂고 하느님을 모독하고 말(馬)에 관해 전문적인 대화를 나눴다. 내가 회상하는 남성적인 여자들은 여자를 좋아한 것만큼이나 말을 좋아했다. 뜨겁고 불가사의하며 고집 세고 예민한 말을. 그녀들은 작지만 억센 손으로 말을 복종시키고 유순하게 길들일 줄 알았다. 나이와 시대의 냉혹함이 채찍을 앗아 갔을 때, 그녀들은 마지막 통제권을 잃었다. 차고가 아무리 우아해도 마구간의 멋을 대신할 수는 없었다. 자동차에는 올라탈 수 없다. 말 없는 기계식 마차의 운전자는 심리적으로 환한 광채에 둘러싸이지 않는다. 하지만 수많은 기억 속에서 불로뉴 숲의 좁은 길 위의 먼지는 자신들의 양면적인 성 정체성을 드러내기 위해 가랑이를 벌리고 말을 탈 필요가 없었던 여자 기수들을 여전히 광채로 둘러싼다.

혈통 좋은 말의 훌륭한 등에 앉거나, 윤기 흐르는 타원 두 개가 춤을 추는 밤색 엉덩이에 결합된 안장 위에 올라탄 그녀들은 꼬리 떨어진 쥐 같은 어색한 걸음걸이에서 해방되었다. 남장 여자들이 흉내 내기 가장 어려워하는 것은 남자의 걸음걸이다. "그 여자들은 무릎을 내밀고 엉덩이에 충분히 힘을 줘서 모으지 않아."
라슈발리에르는 엄격히 판단했다... 사랑을 떠올리게
하는 말의 남성적인 냄새는 말에서 내려온 뒤에도 그
녀들에게서 떠나지 않았다. 나는 이 여자들이 쇠락하
는 광경을 봤고 경의를 표했다. 그녀들은 자신들의 사
라진 매력을 이야기하고 설명하려 애썼다. 그녀들의
성공과 여자를 좋아하는 도전적인 취향을 우리에게 이
해시키려 했다. 놀라운 점은 그녀들이 해냈다는 것이
다... 이것은 개성으로나 키로나 그녀들보다 한 수 위였
던 라슈발리에르의 이야기가 아니다. 불안하고 나약한
추종자들 위에서 라슈발리에르의 각진 하얀 이마, 검
은색에 가까운 초조한 눈은 그녀가 한 번도 찾지 못한,
평온한 애정의 환경을 찾고 있었다. 잘생긴 청년의 풍
채를 지닌 이 여성은 40년 넘게 여자들과 진정한 애착
관계를 맺지 못한다는 사실에 자부심을 느끼는 동시에
그 괴로움을 견뎌야 했다... 더 낫거나 못한 것을 바란
적이 없었으므로 노력이 부족했던 것은 아니다. 하지
만 여자들의 음탕한 기대는 순수한 정신적 사랑의 성
향을 타고난 그녀를 당황하게 했다. 그녀가 원한 정신
적 사랑은 성인 여자의 정확한 요구보다는 고조된 흥
분을 억누르는, 청소년기의 혼란스러운 감정에 가까웠

다. 20년 전에 그녀는 씁쓸해하며 나에게 자신의 생각을 설명해 주려 애썼다. "나는 완전한 사랑에 관해 아무것도 몰라, 내가 가진 **관념** 빼고는. 그런데… 그 여자들은 절대 거기서 멈추게 해 주지 않았어. 그 여자들은…"

"단 한 명도요?"

"단 한 명도."

"왜죠?"

"전혀 모르겠어."

라슈발리에르는 어깨를 으쓱했다. 그 순간 그녀의 표정은 다미앵이 "그녀들은 너무 멀리 갑니다…"라고 단언했을 때의 표정과 비슷했다. 다미앵처럼 그녀는 약간 슬프고 불쾌한 기억을 떠올리는 듯했다. 그리고 뭔가 더 말하려다 다미앵처럼 속으로 삼켰다.

"정말이지 모르겠어." 그녀가 말했다.

"그럼 그녀들이 너무 멀리 감으로써 원하는 게 뭘까요? 쾌락을 그토록 신뢰하는 걸까요, 쾌락의 관념을?"

"그렇겠지…" 그녀가 확신 없이 말했다.

"그녀들은 적어도 그 특별한 쾌락에 대해 의견을 갖고 있지 않나요? 그게 만병통치약인 것처럼 달려드나요, 아니면 신에게 봉헌하는 행위라고 생각하나요? 단순히 신뢰의 증거로 요구하거나 받아들이나요?"

라슈발리에르는 시선을 바닥으로 돌리고 시가에 길게 붙은 재를 털고 신중한 남자처럼 손을 저었다.

"그걸 알아내는 건 내 일이 아니야. 나와 관계도 없고."

"하지만…"

그녀는 같은 손짓을 되풀이했고 끈질기게 묻는 나를 만류하려고 미소를 지었다.

"내 의견은 이래. 예수의 탄생을 그린 옛 그림들에서 '주는 자'의 초상이 너무 많은 공간을 차지한다고…"

라슈발리에르는 언제나 임기응변에 능한 생생한 감각을 지니고 있었고, 여전히 재치가 넘친다. 세월이 흘렀어도 그녀는 거의 변하지 않았고, 묘사하기도 잊기도 어려운 그녀의 미소 또한 그대로였다. 그 미소, 자신이 주는 선물을 경멸하는 '주는 자'의 미소는 질문하고자 하는 나의 의욕을 꺾지 못했다. 그러나 그녀는 말을 아꼈고 이 화제를 거부했다. 그럼에도 그녀가 무심코 흘린 말 한 마디를 덧붙이려 한다. 어느 날, 그녀 앞에서 누군가가 못생긴 젊은 여자를 다음과 같이 묘사하고 있을 때였다.

"그 여자는, 눈만 아니었으면 완전히…"

"눈 말고 여자에게 뭐가 더 필요하지?" 라슈발리에

르가 물었다.

실제로 그녀가 투명한 눈동자에 푹 빠진다는 사실을 나는 알고 있었다. 내가 장 로랭[11]도 초록빛이나 푸른빛의 눈에 집착한다고 말하자 그녀는 화를 냈다.

"하지만 그것과 전혀 다르다고! 장 로랭은 초록 눈에서 출발해서 다른 데로 가는 거잖아… 어딘지 다들 알지. 그는 아무리 깊이 들어가도 만족하지 않는 남자인데…"

그녀의 이 말은 주술과 가면, 악마 찬양 의식, 목 잘린 행복한 여자들, 나르시시스트와 푸른 두꺼비 옆에서 떠다니는 잘린 머리들이 등장하며 곧잘 과장되는 1900년의 문학보다, 그리고 그녀의 시대보다 더 가치 있었다. 말없이 차분히 열광하는, 영원히 청춘인 소심한 영혼에게 사랑하는 이의 두 눈 속으로 뛰어들고 가라앉아 바닷말과 별 사이에서 행복하게 목숨을 잃는 것보다 더 바랄 게 있을까?

성별이 불확실하거나 감춰진 사람이 발산하는 매력은 강렬하다. 그 매력을 전혀 겪어 보지 않은 사람들은 그것이 남성적 원칙을 배제한 사랑을 향한 진부한 끌림과 비슷하다고 생각한다. 하지만 이는 크나큰 착

11 Jean Lorrain(1855~1906). 프랑스 상징주의 시인, 소설가

오다. 초조하고 베일에 싸였으며 절대 본모습을 드러내지 않는 자웅동체는 방황하고 흔들리고 작은 소리로 간청한다... 자웅동체의 절반인 남자는 금세 겁을 먹고 도망친다. 이제 남은 것은 나머지 절반인 여자다. 그리고 심지어 의무라 할 수 있는, 영원히 행복해질 수 없는 권리 역시 남았다. 쾌활한 자웅동체는 괴물일 수밖에 없기에. 자웅동체는 사람들 사이에서 천사의 불운과 희미한 눈물을 돌이킬 수 없이 달고 다닌다. 그리고 다정한 성향이 모성적인 돌봄으로 발전한다... 이 글을 쓰면서 떠오르는 사람은 언제나 라슈발리에르다. 그녀는 여자에게 가장 자주 상처받은 인간이었다. 오만하고, 놀랄 만큼 직설적인, 속삭이는 안내자는 그녀의 손을 잡고 말했다. "이리 오세요, 진짜 당신을 찾게 해 줄게요..."

"나는 이것도 아니고 저것도 아니에요!" 라슈발리에르는 작고 불순한 손을 떼어 내며 말했다.

"나에게 없는 건 찾는다고 발견되는 게 아닙니다."

라슈발리에르는 어디서도 찾아 볼 수 없는 사람이다. 그녀는 자신과 꼭 닮은 존재가 어느 젊은 여자의 모습으로 나타났다고 믿었고, 그다음에는 어느 잘생긴 젊은 남자 – 남자면 안 될 이유가 없지 않은가? – 의 모습으로도 나타났다고 믿었다. 너무 잘생겨서 사랑조차 그를 단념한 듯했고, 게다가 어느 누구에게도 매달리지 않는 남자였다… 그는 라슈발리에르를 '내 아버지'라 불렀고 그녀의 얼굴은 기쁨과 감사함으로 붉어졌다… 하지만 이번에도 착각이었음을, 실제로 낳은 아이만을 자녀로 삼을 수 있음을 절실히 깨달았다.

"어쨌든," 고독한 여인 라슈발리에르는 때로 한숨을 쉰다. "불평할 일은 아니야. 나는 어쩌면 신기루였던 거야…"

그녀 주변으로, 그녀 아래로, 비판적이고 두려움 많은 삶이 맴돌고 있었다. 그녀는 모범을 보였고 비판의 대상이 되었으며 그 사실을 무시했다. 그녀는 비난받는 동시에 찬양되었으며 땅속에 감춰진 듯한 소란 속에서 그녀의 이름이 거듭 호명됐다. 특히 여자 친구들이 무리 지어 가는 작은 친목 클럽이나 비좁은 동네 영화관, 담배 연기가 자욱해 어둡고 푸르스름한, 레스토랑으로 꾸민 지상 1층의 공간에서 자주 들려왔다. 몽마르트르의 어느 지하 술집도 자신들의 고독에 추격당해 불안에 떠는 여자들을 들이곤 했다. 친구이자 여주인의 무서운 감시 아래 진짜 보두아 퐁듀가 부드럽게 지글지글 끓는 소리, 오귀스타 올메즈[12]의 로망스[13]를 노래하는 화가의 우렁찬 콘트랄토 목소리를 들으며 천장이 낮은 벽과 벽 사이에서 평온해지던 여자들... 안식처, 온기, 그늘이 필요했고 불청객과 구경꾼을 두려워한 여자들이 그곳으로 모였고, 그들의 이름은 몰라도 얼굴은 금세 눈에 익었다. 문학도 없고 글쟁이들도 없어서 내게는 더욱 달콤했다. 딱히 의도 없는 쾌활함이 경쾌하게 느껴지고, 부딪히고 경쟁하는 시선들, 에둘러 표현하지만 곧장 파악되는 배신의 서사들, 살벌한 폭발들이 재미있었던 것처럼. 소리 없는 언어, 서로 주고받는 위협과 약속에 깃든 기민함을 나는 감탄하며 즐겼다. 마치 느리디느린 남자들이 밀려난 상태에서 여자가 여자에게 보내는 모든 메시지가 분명하고 격렬해지며 적은 수의 확실한 신호로 제한되는 것 같았다...

모든 사랑은 막다른 골목의 분위기를 만들어낸다. "자, 이제 다 끝났네, 우린 도착했어. 우리 둘 외에는 아무것도 없지, 도망칠 통로조차도." 한 여자가 여자 친구에게 애인의 언어로 속삭인다. 그리고 그 증거로 낮고 둥근 천장, 흐린 전등, 서로 닮은 쌍쌍의 여자들을 가리

---

12 Augusta Holmès(1847~1903). 프랑스 작곡가
13 프랑스에서 유행했던 서정적이고 감상적인 노래

키고, 위험하지만 멀리 떨어진 소음이 되어 버린 바깥 세상의 남성적 소음을 들려준다.

오래전 내 인생의 이 시기에 나는 사방이 막혀 고립된 장소가 주는 은밀하고 마음을 편안하게 만드는 공기보다, 이런 안식처들의 장식적인 배치와 막다른 골목 같은 스타일을 더 좋아했다. 나는 단순하게도 퀴라소에 얼음을 넣고 코냑에 커피를 섞는 관습과 여러 권으로 분책된 소설과 연극 공연에 대한 존경을 이어가고 있는 클럽들이 훨씬 덜 은밀하고 훨씬 더 문학적인 부류와도 연결된다는 사실에 놀랐다. 이 눈부시고 교양 있고 부유하며 파벌을 형성하는 우아한 나약함을 오만으로 덮은 사람들 틈에서 그녀는 진작부터 빛나고 있었다. 진짜 이름은 사람들에게 잊혔지만, 지극히 프랑스적인 가명으로 추억과 시(詩)를 우리에게 남겨 준 외국인. 그녀의 가명은 르네 비비앵이었다.

르네 비비앵

아직도 폴린 타른[1]이 내게 쓴 약 서른 장의 편지를 갖고 있다. 원래 더 많았지만 일부는 누군가가 훔쳐 갔고, 짧고 별로 예쁘지 않은 편지들은 르네 비비앵의 팬들에게 줬다. 그리고 잃어버린 것들도 있다…

레스보스인의 후예임을 쉴 새 없이 표방했던 시인의 서신을 출간한다면 사람들이 놀라워할 지점은 시인의 아이다움뿐일 것이다. 나는 그녀의 아주 독특한 아이다움을 강조하려 한다. 이유 없는 아이다움, 아니 진정성 없는 아이다움이라고 써야 할까? 르네의 매력적인 얼굴에서는 볼록하고 부드럽고 폭신한 볼, 영국인답게 네 개의 작은 이 위로 말려 올라간 순진한 윗입술을 통해 이 아이다움의 일부만 드러났다. 밝고 빈번한 미소가 때로는 갈색, 때로는 햇살에 초록빛을 띠는 밤색 눈을 빛나게 했다. 그녀는 길고 아름답고 가늘고 곧으며 은빛에 가까운 금발을 머리 위로 묶었고 거기서 머리카락이 가느다란 짚처럼 한올 한올 흘러내렸다.

르네의 앳된 얼굴 구석구석이 그녀가 바로 옆에 있

---

1 Pauline Tarn(1877~1909). 프랑스어로 시를 쓴 영국 출신의 시인. 필명은 르네 비비앵이다.

는 듯 눈에 선하다. 얼굴의 모든 부분이 아이다움, 장난 스러움과 잘 웃는 성향을 말해 주고 있었다. 그녀의 금 발 머리카락과 작고 밋밋한 턱의 연한 보조개 사이, 그 얼굴에서는 웃음기 없는 주름을 찾아 볼 수 없었다. 르 네 비비앵의 시에 운율을 부여하는 비극적인 슬픔의 증거, 그 슬픔이 머무르는 집을 말이다. 르네가 슬퍼하 는 모습을 단 한 번도 본 적이 없다. 그녀는 영국인의 억양으로 모든 치음에 h를 덧붙이며 외쳤다. "아, 나의 친애하는 콜레쓰(콜레트), 정말이지 사는 게 역겨워요!" 이렇게 말하고는 자지러지게 웃었다. 여러 장의 짧은 편지에 같은 내용이 보인다. 그녀는 종종 숨김없이 써 놓았다. "이 삶이 순수하고 지독한 골칫거리 같지 않아 요? 곧 끝났으면 좋겠어요." 르네의 조급함을 친구들은 웃어 넘겼다. 그녀의 소원은 이루어졌다. 서른이 되던 해에 세상을 떠났으니까…[2]

르네와의 우정은 당연하게도 – 사실은 나에게 당연 하게도 – 문학과 무관했다. 나는 문학에 관해 곧잘 감 탄을 내뱉는 것 외에는 말을 아끼고 할 말도 삼키는데, 르네에게서 문학에 대한 완벽한 조심성과 좋은 친구다 운 침묵을 발견했다. 그녀는 나에게 책을 줄 때 매번 제

---

2 정확히는 서른 두 살에 사망했다.

비꽃 한 다발이나 과일 바구니나 동양풍 비단 한 폭 아래로 숨겨서 주었다… 르네는 자신의 짧은 인생의 두 가지 문학적 측면을 나에게 숨겼다. 하나는 그녀의 슬픔이었고, 다른 하나는 그녀의 직업이었다. 르네는 어디서 일했을까? 어느 시간대에 일했을까? 부아가(街)의 널찍하고 어둡고 호화스럽고 변화무쌍한 그녀의 집만 보고는 그녀가 무슨 일을 하는지 알 수 없었다. 부아가의 지상 1층 아파트는 제대로 묘사된 적도 없다. 거대한 불상 몇 개를 제외한 나머지 가구들은 불가사의하게 이동했다. 한동안 놀라움과 경탄을 불러일으켰다가 어디론가 사라졌다…

불안정한 경이의 대상들 사이에서 르네는 검은색 또는 보라색 옷을 온몸에 덮은 채로, 채색된 유리창으로 가로막힌 방들의 향기로운 밤을 가로질러 커튼이 무겁게 드리워 향 연기로 자욱한 공기 속을 돌아다녔다. 그녀는 소파 구석에 기대어 무릎에 대고 무언가를 쓰는 모습을 나에게 서너 번 들켰다. 그럴 때면 죄지은 사람처럼 고개를 들고 사과했다. "아무것도 아네요… 금방 끝나요…" 그녀의 길고 가녀린 몸이 무거운 양귀비 같은 머리와 황금빛 머리카락, 흔들리는 커다란 모자를 지탱하고 있었다. 그녀는 더듬는 시늉을 하며 가늘고 긴 양손을 앞으로 뻗었다. 치렁치렁 발을 덮는 드레스를 입고서 천사처럼 서툴게 돌아다니며 장갑, 손수건, 양산, 스카프 따위를 잃어버렸다.

르네는 끊임없이 무언가를 흘리고 있었다. 팔에 낀 팔찌도 스르르 열렸고, 목걸이도 그녀의 제물(祭物) 같은 목에서 미끄러져 내려갔다. 마치 나무가 잎을 떨구는 것 같았다. 하늘하늘한 그녀의 몸은 살갗에서 조금이라도 튀어나온 것이면 모조리 거부했다.

처음 그녀의 집에서 밥을 먹었을 때 높은 촛대에서 세 개의 양초가 갈색 밀랍 눈물을 흘렸지만 어둠을 조금도 흩트리지 못했다. 극동에서 온 낮은 탁자 위에 가늘고 긴 날생선 조각들이 유리 막대에 둘둘 말려 있었고, 푸아그라, 가재, 설탕과 후추를 뿌린 샐러드, 선별된 피페에이시크 샴페인과 도수 높은 칵테일 등이 ― 르네는 시대를 앞서간 여자였다 ― 무질서하게 차려져 있었다. 어둠에 숨이 막히고 러시아, 그리스, 중국 술의 낯선 불길이 의심스러워 나는 거의 먹지 않았다. 발랄하게 연신 웃어 대는 르네의 쾌활함, 황금빛 머리카락 위에서 떨리던 희미한 후광이 빛의 도움 없이도 경쾌하게 웃고 노는 눈먼 아이들처럼 나를 슬프게 했던 기억이 난다.

나는 이 어둠에 잠긴 호화스러운 곳에서의 만남을
통해 르네와 진실된 우정을 쌓을 수 있으리라고는 생
각하지 않았다. 이 호리호리하고 젊은 여인은 부르주
아들 결혼식의 신부 들러리처럼 경솔하게 술잔을 비우
고 있었다.

그녀가 입술로 가져간 많은 음료 중에는 유리잔에
뿌연 물약 같은 액체가 가득하고 그 위에 이쑤시개를
끼운 체리가 떠 있는 것이 있었다... 나는 그녀의 팔에
손을 얹었다.

"마시지 말아요."

그녀는 위쪽 속눈썹이 눈썹에 닿을 정도로 눈을 크
게 떴다.

"왜요?"

"내가 마셔 봤어요." 나는 어색하게 말했다. "그건...
마실 수 있는 게 아니에요... 조심해요... 뭔지 모르겠지
만 독주 같아요..."

누군가가 교활한 장난을 쳤다는 의심이 든다고는
감히 말하지 못했다. 그녀는 깨끗한 이를 다 드러내며
웃었다.

"저희 집 칵테일인걸요, 친애하는 콜레쓰. 맛이 아주
훌륭하다고요."

그녀는 숨을 헐떡이지도, 눈을 깜빡이지도 않고 잔을 단숨에 비웠다. 그녀의 통통한 볼은 꽃다운 흰빛을 잃지 않았다.

그녀가 고작 쌀 한 스푼과 과일만 먹고, 특히 술을 많이 마신다는 사실을 알게 된 건 이날 저녁이 아니었다. 이날 저녁에는 그 무엇으로도 거북함을 해소할 수 없었다. 손님들을 놀라게 하려고 새로 꾸민 장소에서 싹튼 물리적인 경계심, 어두컴컴한 조명, 스페인-무어[3] 풍 접시나 비취, 은도금, 중국 도자기 접시에 놓인 너무 멀리서 온 요리로 인한 거북함을…

그럼에도 나는 르네 비비앵을 자주 다시 만났다.

르네의 집과 내 집이 서로 연결되어 있다는 사실을 알게 되었다. 두 개의 안뜰 정원이 하나의 울타리로 나뉘어 있고, 열쇠를 가진 관리인을 매수할 수 있었던 덕분이다. 그래서 도시의 거리를 이용하지 않고도 빌쥐 스트가에서 부아가로 갈 수 있었다. 드물게 거리를 이용할 때도 있었다. 그럴 때면 지나가는 길에 로베르 뒤미에르[4]가 사는 안뜰 딸린 집의 창문을 손톱으로 두드렸다. 그러면 뒤미에르는 창을 열고 순백의 보물, 팔에

---

3 스페인을 지배했던 이슬람 왕국
4 Robert d'Humières(1868~1915). 프랑스 작가, 번역가, 무대감독

한가득 쌓인 눈 같은, 푸른 눈의 하얀 고양이 랑카를 내게 내밀며 말했다. "나의 가장 소중한 걸 당신에게 맡기리다."

거기서 20m 더 가면 르네의 집에서부터 풍겨 오는 내 발걸음을 느려지게 하는 공기, 향 피우는 냄새, 꽃 내음, 농익은 사과 향기를 만난다. 내가 그곳의 어둠에 숨이 막혔다는 것은 전혀 과장이 아니다. 숨이 막힌 나머지 나는 편협해지고 심지어 악의마저 생겼지만, 부처들에게 능금을 바치는 호리호리한 천사의 인내심을 잃지 않고 있었다. 봄바람이 거리의 유다나무 잎들을 떨어뜨리던 어느 날, 음산한 공기에 구토가 나서 창문을 열고 싶었다. 하지만 창문에 못질이 되어 있었다. 창문에 못을 박아 뒀다는 작은 사실이 얼마나 의미심장한지, 이미 풍부한 테마를 어찌나 훌륭하게 장식해 주는지! 넘쳐 나는 불그스름한 빛, 희미한 어둠 속에서 반짝이는 황금빛, 문 뒤에서 속삭이는 목소리, 중국풍 가면, 그리고 조용히 벽에 걸려 있는 옛날 악기들. 악기들은 내가 거친 손으로 문을 쾅 닫을 때만 어렴풋이 삐걱거렸다. 르네 비비앙의 집에서 내가 더 젊었더라면, 그래서 조금은 남의 시선을 두려워했더라면 좋았을 것이다. 하지만 나는 참을 수 없어져서 어느 날 저녁, 무례하

108

고 용납할 수 없는 커다란 석유램프를 가져가 환하게 불을 켜서 내 식기 앞에 놓았다. 그러자 르네는 아이처럼 눈물을 펑펑 흘렸다. 그녀가 자신을 위로할 때면 그렇게 울곤 했다는 사실을 덧붙여야 공평할 것이다.

르네는 나를 기쁘게 해 주려고 내 친한 친구 두세 명도 함께 초대했다. 그럼에도 르네와 나의 친밀감은 진정으로 깊어질 기미가 없었다. 어둠 속에서 식탁 앞에 앉거나, 역시 어둠 속에서 편안하게 기대어 귀한 음식과 술, 터키담배, 작은 은파이프에 담긴 연갈색 중국 담뱃잎이 차려져 있어도 우리는 여전히 다소 경직되고 초조했다. 마치 젊은 안주인과 우리들이 이 자리에 없는 미지의 '주인'이 예기치 않게 돌아올까 봐 두려워하는 듯이.

이 '주인' 여성의 이름을 아무도 입 밖에 내지 않았다. 우리는 막연히 어떤 재앙이 일어 '주인'이 우리 사이에서 불쑥 나타나기를, 주문을 외워 그녀를 몰아내기를 기다리는 기분이었다. 하지만 '주인'은 다만 르네에게 칠기, 비취, 법랑, 직물 따위를 짊어진, 눈에 띄지 않는 심부름꾼들을 보낼 뿐이었다. 고대 페르시아 금화 컬렉션이 나타나 반짝였다가 사라지고, 그 자리에 외국의 나비와 곤충이 든 유리 진열장이 들어섰다가, 이번에는 거대한 불상, 수정 나뭇잎과 보석 과일이 달린 작은딸기나무 미니어처 정원이 보였다. 확신 없이, 이미 초연해져서, 경비원처럼 무관심하고 말없이 하나의 경이로운 대상에서 다른 것으로 르네는 옮겨 갔다.

르네를 조금씩 알아 가는 데에 도움을 준 변화를 떠올려 보자면, 우선 몇몇 몸짓과 말들이 내가 그녀를 다른 시각에서 볼 수 있게 해 주었다고 믿는다. 어떤 이들은 부유해져야 변화하고, 다른 이들은 재산을 버려야만 진짜 삶을 얻는다. 오직 궁핍함만이 그들을 다시 태어나게 하는 것이다. 나는 언제부터 르네 비비앵이 시인이라는 사실을 잊을 수 있었을까, 즉 언제부터 그녀에게 진정으로 관심을 보이기 시작했을까? 분명 그녀의 집에서 식사했던 그날 저녁이었을 것이다. 향신료가 든 음식과 신경 쓰이는 술을 먹고 마시고 – 하지만 그날 나는 달지 않은 완벽한 샴페인 한두 잔으로 만족했다 – 유쾌하고 활기찼지만 설명할 길 없이 부자연스러웠으며, 명랑한 르네가 조금이라도 재미있는 말이 나오면 과도하게 주의를 기울여 웃고, 열렬하게 환대했던 저녁.

그날 그녀는 목덜미가 이례적으로 드러나는 흰 드레스를 입었다... 구부러진 앳된 목선을 따라 곧고 부드러운 머리카락이 흘러내리고 있었다. 말과 말 사이에, 어떤 동요도 예상하지 못했을 때, 그녀는 가냘프고 야윈 상반신을 의자 등받이에 기댔다. 눈을 감은 그녀의 머리가 가슴을 향해 수그러졌다... 식탁보 위에 펼쳐진 생기 없는 가늘고 긴 두 손이 지금도 눈앞에 보인다. 이런 실신 상태는 10초 안에 끝났고 르네는 당혹감 없이 살아났다. "용서해 줘요, 친애하는 친구들, 깜빡 잠이 들었나 봐요..." 묘한 활력이 넘치고 신경이 곤두선 그녀는 스쳐 지나간 죽음으로 잠시 떠났던 논쟁에 다시 뛰어들었다.

그녀는 소리쳤다. "B 시인은! 여기서 더는 그의 시에 대해 듣고 싶지 않아요. 그는 재능이 전혀 없어요. B 시인은, 음... 잠깐, 그가 뭔지 알겠어. 펜을 든 창녀라고요. 펜을 든 창녀, 펜을 든 창녀..."

저속하고 간결한 그 단어가 우리의 침묵 속으로 던져졌다. 우리 중 누구라도 그 단어를 언성 높이지 않고 귓속말로 말할 수 있었다. 하지만 그녀가 그 저속한 단어를 되풀이했을 때, 르네의 어린아이 같은 용모에는 그것의 의미도 나이도 없애 버리는 공백이 번져 나갔고, 그럼으로써 깊은 혼란을 드러냈다...

용의주도한 미치광이가 가둬 놓은 우주를 정상인

이 단 하나의 좁은 틈 사이로 불시에 들여다봄으로써 그 질서를 더럽힌다면, 그런 일을 단 한 번이라도 허용한다면, 미치광이는 길을 잃는다. 그러고 나면 이번에는 그 우주에서 목격한 불가사의로 인해 정상인의 눈이 변하고 동요하고 사로잡혀 그것에 대해 멈추지 않고 질문한다. 예민한 미치광이일수록 정상인의 이런 간청을 거절하기 어렵다. 나는 르네의 변조(變調)가 - 고심한 흔적이 보이는 화음에도 불구하고 나는 르네를 조금 밋밋한, 부드러운 선율에 빗대어 생각하고 있었다 - 다가오고 있다고 느꼈다.

로베르 뒤미에르가 자신이 감독으로 있는 테아트르데자르[5]에서 가장무도회를 열기 열흘 전, 의상 가게 파스코에서 르네 비비앵은 가봉된 의상을 입어 보고 - 그녀는 슬프게도 폴 들라로슈[6]가 그린, 처형대에 오른 제인 그레이[7]로 분장하기를 원했다 - 원래 옷으로 갈아입으면서 실수로 자신의 검은 외투 대신 내 검은 외투를 걸쳤다.

---

5 19세기에 파리 17구에 세워진 예술 극장. 현재의 에베르토 극장.

6 Paul Delaroche(1897~1956). 프랑스 화가. 여기에 언급된 회화 작품은 〈제인 그레이의 처형〉(1833)이다.

7 Jane Grey(c.1537~1554). 육촌지간인 에드워드 6세의 뜻에 따라 그의 뒤를 이어 영국 왕위에 올랐다가 9일 만에 폐위되고 메리 1세에 의해 처형당했다.

"잘 맞는 것 같은데요?" 나는 웃으며 그녀에게 말했다. "맵시가 나려면 손을 좀 봐야겠지만, 여기랑… 여기랑… 다른 건 뭐…"

"나한테… 잘 맞는다고요?" 르네가 말했다. "잘 맞는다니…"

그녀의 어두워진 표정과 멍하게 벌어진 입이 지금도 눈에 선하다… 그녀는 우물거렸다.

"크나큰 불행… 방금 제게 알려 주신 소식은 크나큰 불행이에요…"

그녀는 침울한 눈길로 그 시절 땅딸막하고 통통한 조랑말 같았던 내 살집을 가늠했다… 그러고는 제법 빠르게 다시 정신을 차렸고, 우리는 헤어졌다. 그날 저녁, 그녀가 제인 그레이 그림의 활인화[8]에 출연할 내 친구들과 나에게 쓴 편지를 받았다.

친애하는 친구들, 내게 일어날 수 있는 가장 큰 불행이 실제로 일어났어요. 내가 소홀했던 탓에 살이 *5kg*

---

8 정적인 그림이나 아주 짧은 장면을 연극처럼 무대에서 배경과 의상을 갖추고 배우들이 연기하는 공연 장르. 라디오, 텔레비전, 영화, 사진이 보편화되기 전에 자주 공연되었다. 이를 가리키는 프랑스어 '타블로비방tableau vivant'은 '살아 있는 그림'이라는 뜻이다.

이나 쪘답니다. 하지만 무도회 전에 살을 뺄 시간이 아직 열흘 남았죠. 열흘이면 충분해요, 아니, 충분해야만 해요. 난 무슨 일이 있어도 몸무게가 52kg이 넘으면 안 되거든요. 날 찾지 마세요. 아무도 모르는 곳으로 갈 거예요. 열흘 뒤, 무도회를 위해 단단히 준비된 상태로 돌아올 테니 날 믿어 줘요.

여러분의 르네

르네는 약속을 지켰다. 그녀가 생제르맹의 앙리 4세 호텔에서 열흘을 보냈다는 사실을 우리는 나중에야 알았다. 아침이면 홍차 한 잔을 마시고 힘이 다 빠질 때까지 숲속을 걸었다. 그리고 또 술을 넣은 홍차를 마시고, 거의 실신 상태로 잠들었다가 기인처럼 고갈되지 않는 힘을 발휘하며 다음 날에도 같은 일과를 반복했다. "날마다 20km는 걸었을걸요." 그녀와 동행했던 여자가 나중에 털어놓았다. "르네 아가씨가 어떻게 똑바로 서 있었는지 모르겠어요... 전 굶지 않았는데도 똑바로 서 있을 수 없었는데..."

열흘이 지나 르네는 밤 11시에 테아트르데자르에서 우리를 만났다. 의상을 차려입고 곱게 화장하고 눈이 푹 꺼지고 머리카락이 한쪽 어깨 위로 흐트러진 그녀는 무척 예뻤고 정신이 반쯤 빠진 사람처럼 쾌활했다. 그녀는 아직 제인 그레이를, 양손이 묶인 채 하얀 목덜미를 드러내고 금발 머리카락 한 줌을 처형대 위에 늘어뜨린 제인 그레이를 연기할 힘이 남아 있었다. 굶주림과 어떤 흥분제에 의해 악화된, 가장 슬프고 지독한 알코올 중독에 괴로워하다가 무대의 배경막 뒤에서 쓰러지기 전까지는...

과연 이것을 평범한 신경증 환자가 고백한 애처로운 비밀이라 볼 수 있을까? 이 한 가지 사실로 만족할 수 있다면 그럴 수 있다. 나도 한동안 만족하고 있었다... 꽤 짧은 시간 동안. 르네가 파리나 니스 세솔정원의 작은 집에서 아무에게도 들키지 않고 술을 마셔 대기 위해 썼던 위험할 정도로 단순한 꾀가 대체 무엇이었는지 내가 알게 되었을 무렵, 그녀는 죽어 가고 있었다...

화장실 바로 옆, 리넨 보관실로 쓰는 작은 방에서 그녀의 순종적인 시녀는 바느질을 했다. 발랄하고 덜렁거리고 툭하면 가구에 부딪치던 르네는 매 순간 시녀에게 도움을 청했다. 여기서는 시녀를 쥐스틴이라고 부르겠다(전혀 쥐스틴 같은 이름이 아니었다).

"쥐스씬, 이 훅 빨리 다시 꿰매 줘... 내 자수 드레스

다렸니, 쥐스씬? 얼른, 내 신발 리본이 풀렸잖아… 앗! 새 장갑에 아직도 가격표가 붙어 있네, 떼어 줘, 쥐스씬… 부탁인데 쥐스씬, 요리사한테 오늘 저녁에…"

열려 있는 문 뒤에서는 "네, 아가씨… 알겠습니다, 아가씨…"라고 중얼거리는 대답만 들려왔다. 쥐스턴은 바느질하던 의자에서 일어나지 않았다. 르네가 나타날 때마다 몸을 약간 구부려 의자 아래 치맛자락 속에 숨긴 술잔들 중 하나로 손을 뻗을 뿐이었다. 쥐스턴은 르네에게 말없이 잔을 내밀었고, 르네는 단숨에 잔을 비우고 화장실로 갔다. 화장실에는 어김없이 새로 갈아둔, 향수를 넣어 우유처럼 뿌연 물 한 잔이 기다리고 있었다. 르네는 그 물로 입을 헹구고 서둘러 뱉었다. 그 물잔을 보고 냄새를 맡아 본 사람들은 르네 비비앵이 오드투알렛을 마신다고 말하고 다녔다… 르네가 미친 듯이 들이켰던 그것도 향수보다 나을 게 없었다.

잊을 수 없는 나의 애완 고양이 프루에게 목줄을 매고 프루가 좋아했던 잔디 가장자리를 따라 거리를 산책하는 아침이면 가끔 르네와 마주쳤다. 그녀는 늘 산책로에 열린 축제에 가는 사람처럼 차려입고 있었다… 그날 아침, 르네는 마차에 오르면서 긴 드레스 끝단을 밟았고 마차 문고리에 소매가 걸렸다…

"르네, 이렇게 일찍 어디 가요?"

"불상 사러요. 매일 하나씩 사기로 했답니다. 좋은 생각이죠?"

"아주 좋네요. 잘 다녀와요!"

그녀가 내게 손을 흔들기 위해 몸을 틀자 커다란 모자가 기우뚱했다. 모자를 붙잡으려고 가방 손잡이에 꿰고 있던 팔을 들다가, 닫히지 않은 가방에서 구겨진 지폐들이 와락 쏟아졌다. "세상에!" 르네는 외치고서 얌전하게 웃었다. 마침내 삯마차와 커다란 모자, 끝단이 뜯어진 드레스가 멀어졌다. 잔디를 긁는, 줄에 묶인 고양이 곁에서 나는 가만히 생각에 잠겼다. '술... 수척함... 시, 날마다 불상 하나씩... 이게 전부는 아니야. 이 아이 다움의 어두운 밑바닥은 어디일까?'

내가 갖가지 '아이다움'의 특징에 '시'를 포함한 것을 이해해 주기 바란다. 르네 비비앵은 많은 시를 남겼는데 그 시들은 인간의 숨처럼, 인간적 고통의 오르내림처럼 매력과 힘과 재능이 고르지 않고 들쭉날쭉했다. 그녀가 시에서 노래한 풍속을 사람들은 궁금해했고 심취했다. 그녀의 시들은 오늘날 가장 저급한 도덕주의자의 분노조차 누그러뜨렸다. 저급하기 짝이 없는 도덕주의자들은 유행을 따르고 자신들의 아량이 넓다고

117

과시하므로, 만일 르네의 시들이 다프니스[9]를 향한 클로에의 사랑만을 노래했다면 나는 감히 그 시들이 그렇게 될 운명이라고 예고했을 것이다. 게다가 르네의 시는 '여자 친구들'이 서로 껴안기도 하지만 몽상하고 눈물 흘리기도 하는 고상한 슬픔의 영역에 있었다. 프랑스어를 훌륭하게 익혔고 엄격한 프랑스어 운율에 단련된 르네 비비앵은 다만 프랑스 문학의 걸작들을 뒤늦게 접하고 소화했기 때문에 외국인 티가 났다. 그녀는 1900년에서 1909년 사이에 보들레르의 영향을 강하게 드러냈는데 우리가 보기에는 다소 뒤처져 있었던 것이다.

그녀가 (비밀로 하고 싶었던) 자기 파괴 행위에 쉽게 빠지고 집착하고 병들어 있음을 알게 되자, 르네에 대한 연민은 우정으로 변했다. 우정이 항상 조심스럽기만 한 것은 아니다. 어느 날 나는 묘한 질문을 던졌다.

"르네, 행복한가요?"

르네는 얼굴을 붉히고 미소를 지었다가 갑자기 점잖을 뺐다.

"아니, 물론이죠, 친애하는 콜레쓰. 왜 내가 행복하

---

9 소년 다프니스와 소녀 클로에의 사랑 이야기는 레스보스섬을 배경으로 한 고대 그리스 작가 롱고스의 소설에서 유래했다. 나중에 프랑스 작곡가 모리스 라벨의 발레로도 만들어졌다.

지 않길 바라죠?"

"그렇게 말한 적 없어요." 나는 건조하게 대답했다.

그리고 그녀에게도, 나 자신에게도 불만스러운 상태로 자리를 떴다.

하지만 르네는 이튿날이 되자 어색한 웃음으로 사과하는 기색을 내비쳤다. 마치 나의 신뢰를 얻을 길을 찾으려는 듯 괜히 어설프고 다정하게 과장된 몸짓을 보였다. 나는 그녀의 무기력함과 양쪽 눈의 다크서클을 보고 어디 아프냐고 물어봤다.

"아니, 전혀요." 그녀가 힘차게 말했다.

그녀는 손으로 입을 가리며 하품했고, 자신이 피곤한 이유를 내 귀를 믿을 수 없을 정도로 너무나 명쾌한 표현들을 써 가며 설명했다… 그리고 거기서 멈추지 않았다… 어떤 새로운 열기가 그녀의 조심성을 녹이고 속내를 털어놓게 한 걸까? 그녀는 어떤 애매모호함도 없이 사랑이 아니라 쾌락을 이야기했다. 이는 물론 그녀가 자기 것으로 인정할 수 있는 유일한 쾌락, 한 여자와 나눈 쾌락에 관한 것이었다. 그리고 나서는 과거 다른 여자 친구와의 쾌락을 이야기하며 후회하기도, 둘을 비교하기도 했다… 육체적 사랑을 말하는 그녀의 방식은 방탕하게 길러진 어린 소녀들을 조금 닮아 순진하고 노골적이었다. 그녀의 야릇하고도 차분한 고백에서 가장 신기했던 점(르네는 줄곧 뜻이 매우 분명한 낱말들과 묘하게 잘 어울리는, 조곤조곤 잡담하는 어조로 말했다)은 '감각들'과 쾌락의 기술에 대해 노골적인 존경을 드러내 보였다는 점이다.. 레즈비언 연인의 창백함, 오열과 쓸쓸한 새벽을 노래하는 시인의 뒤편에 '마담 몇 번 했니'처럼 관계 횟수를 손가락으로 세고, 부위와 몸짓들을 노골적으로 지칭하는, 옹졸하고 시기심 많고 음탕한 사람의 그림자가 나타나는 것을 언뜻 보았을 때, 나는 관대한 배려 없이 반쯤 무의식적인 젊은 처자의 지각없는 말들을 중단시켰다. 몇몇 자유로운 발언은 그녀에게 어울리지 않는다고 말했던 것 같다. 실크 모자가 원숭이에게 어울리지 않듯이..

이 일로 그녀가 보냈던 짧고 위압적인 편지를 아직 갖고 있다.

콜레트, 어젯밤 저를 심히 언짢게 하셨습니다. 저는 용서와 거리가 먼 사람입니다. 그럼 안녕히.

르네

120

하지만 다른 르네, 상냥하고 유쾌한 르네는 첫 편지를 보낸 지 두 시간 만에 두 번째 편지를 보냈다.

용서해 주세요, 친애하는 콜레트. 아까는 뭐라고 썼는지 전혀 모르겠어요. 제 건강을 기원하며 이 예쁜 복숭아들을 먹고 절 보러 오세요. 가장 가까운 시일 내에 식사하러 오시고, 친구들도 함께 데려오세요.

나는 르네가 양초 세 개를 켜놓고 하프 연주자나 낭독자를 초대하는 파티의 별나게 은밀한 면을 비난하면서도 초대에 응했다. 그런데 우리는 내가 입버릇처럼 항상 '부자의 장례식' 냄새가 난다고 말하는 그녀의 집 문지방에서 검은 야회복을 입고 흥분한 상태의 르네와 마주쳤다. 그녀가 속삭였다.

"여러분이 착각한 게 아니에요. 오늘 저녁 맞아요… 식탁에 앉아 계시면 금방 돌아올게요. 아프로디쎄(아프로디테)에게 맹세해요! 가재랑 푸아그라, 키오[10]산 포도

_____
10 이탈리아의 포도주 재배 산지

주, 발레아레스 제도[11]산 과일이 있어요..."

그녀는 서두르다가 계단에서 발을 헛디뎠다. 검은 벨벳 재질의 주름 장식 사이에서 빛나는 황금빛 머리를 내 쪽으로 향하고 다시 다가와 속삭였다.

"쉿, 전 강제로 불려가요. 지금 **그이** 상태가 아주 나빠요."

그녀의 말에 어쩔 수 없이 현혹되어 우리는 거기 머무르며 기다렸지만 르네는 돌아오지 않았다.

한번은 르네가 쾌활하게 저녁을 먹고 있었다. 아니, 그녀는 우리가 먹는 모습을 보고 있었다. 그런데 디저트가 나오자 그녀는 자리에서 일어나 마지못해 긴 장갑, 부채, 작은 실크 핸드백을 챙기며 말했다.

"여러분, 저는 가야만 해요... 그럼..."

그녀는 말을 끝내지 못하고 울음을 터뜨리고는 도망치듯 떠났다. 밖에서 마차가 기다리고 있다가 그녀를 데려갔다. 딸을 사랑하는 아버지처럼 르네를 아꼈던 내 오랜 친구 아멜[12]이 말리는데도 나는 자존심을 내세워 다시는 르네의 집에 가지 않겠다고 맹세하며 귀

---

11 지중해 서쪽, 스페인 동쪽에 모여 있는 섬의 무리
12 레옹 아멜Léon Hamel(1858~1917)은 콜레트의 충실한 친구였으며 르네 비비앵의 연회에 드나든 몇 안 되는 남자였다. 콜레트의 장편 소설 《방랑하는 여인La Vagabonde》(1910)의 등장인물 아몽Hamond의 모델이다.

가했지만 결국엔 다시 갔다. 이미 무너지고 있는 사람, 추락하는 방향으로 기울어진 사람과 맺은 우정은 자존심의 명령을 따르지 않는 법이므로. 간결한 편지를 받고 마음이 다급해진 내가 르네의 집에 갔을 때, 그녀는 아주 기본적인 설비만 갖춘 춥고 더러운 화장실 욕조 가장자리에 다리를 모으고 앉아 있었다. 지나치게 마른 몸에 딱 붙는 검은 드레스를 입고 창백한 얼굴을 한 채로 손을 떨고 있었기에 그녀를 기분 좋게 해 주려고 '레비-뒤르메르[13]의 뮤즈'라고 부르며 인사했지만, 그녀는 듣지 못했다.

"저 떠나요." 르네가 말했다.

"그래요? 어디로 가나요?"

"모르겠어요. 하지만 위험해요. **그이**가 날 죽일 거예요. 아니면 지구 반대편으로, **그이**가 날 마음대로 휘두를 수 있는 나라로 데려갈 거예요. 날 죽일 거라고요."

"독으로? 권총으로?"

"아뇨."

르네는 자신이 어떻게 죽임을 당할 것인지 네 단어로 설명했다. 듣는 사람이 눈을 깜빡일 정도로 너무나

---

13 Lucien Lévy-Dhurmer(1865~1953). 프랑스령 알제리 출신의 화가, 조각가, 인테리어 디자이너

명료한 네 개의 단어였다. 여기에 르네가 덧붙인 몇 마디가 아니었다면 이 이야기를 굳이 할 필요가 없었을 것이다.

"그이에겐 감히 아닌 척을 하거나 거짓말할 수 없어요. 그이가 바로 그 순간에 귀를 내 심장에 대고 있거든요." 나는 르네가 죽임을 당할 거라고 말한 방법과 르네가 말한 '위험'이 취기에 지어낸 것이라 믿고 싶다(둘 다 P. J. 툴레[14]의 소설《뒤 포르 씨》에서 빌려온 듯하다). 어쩌면 르네를 이렇게 지치게 하는 여자 친구는 애초부터 존재하지 않았을지도 모른다. 어쩌면 보이지 않는 여자 친구의 힘과 존재의 확실성은 최후의 노력, 최후의 상상이 만들어 낸 기적에 기대고 있었는데, 그 상상이 길을 잃고 님프 대신에 구울[15]을 낳은 것은 아니었을까?

바레 뮤직홀 순회공연[16]을 다니는 동안 나는 르네가 죽어 가고 있는 줄 모른다. 그녀는 계속 식사를 거

---

14 Paul-Jean Toulet(1867~1920). 프랑스 시인, 소설가. 《뒤 포르 씨 Monsieur du Paur》는 툴레의 첫 소설이다.

15 이슬람교가 퍼지기 이전의 아랍 민간전승에 나오는 괴물. 인간의 시체를 먹고 산다. 《천일야화》에도 등장한다. 영어로 ghoul, 프랑스어로 goule이라 쓴다.

16 프랑스 무대 감독, 공연 기획자였던 샤를 바레(1861~1934)가 1891년 창조한 순회공연 프로그램으로 프랑스 전역을 순회했으며 1980년까지 존속했다.

부해서 쇠약해진다. 어지러워서 눈앞에 반점이 떠다니고, 굶주림으로 인해 오로라 같은 빛이 보이는 중에 그녀는 가톨릭교에서 말하는 지옥의 불길을 봤다고 믿는다. 주변의 누군가가 불꽃을 피우거나 그녀에게 불길을 묘사한 것일까? 알 수 없다. 쇠약해진 그녀는 겸손해지고 개종한다. 그녀의 이교도적 태도는 그녀의 본성과 별로 관계가 없었던 것이다... 기침과 열이 그녀의 텅 빈 가슴을 뒤흔든다. 공교롭게도 나는 르네가 죽어 가는 모습도, 그리고 죽은 르네의 모습도 보지 못했다. 그녀는 많은 비밀을 품고 가 버렸다. 월장석, 녹주석, 남옥과 다른 창백한 보석으로 목을 둘러싼, 보라색 베일을 쓴 시인 르네 비비앵은 천박한 아이, 방탕한 소녀, "사랑을 나누는 가짓수는 사람들이 말하는 것보다 적고, 믿는 것보다는 많아요..."라고 전문가처럼 자연스럽게 내게 가르쳐 주었던 아이와 함께 떠났다. 금발에다 볼에 보조개가 있고 잘 웃는 부드러운 입술과 커다랗고 다정한 눈을 지닌 그녀는, 지하를 향해, 살아 있는 사람들과 무관한 것들을 향해 이끌려 갔다. 어느 손이 그녀를 잡아당겼을까? 하루살이처럼 녹아 없어지는 존재를 밑바닥으로 끌어당기는 힘에 무정함이 얼마나 협조했는지 나는 알고 싶었다. 나는 자신의 힘을 최후의

순간까지 절대로 발휘하지 않는 부류였기에 삶을 탕진
해 버리는 사람들에게 냉담하다. 내가 보기에 자발적
인 탕진은 항상 일종의 알리바이다. 쾌락을 좇는 습관
과, 이를테면 담배를 피우는 습관 사이에 그다지 차이
가 없을까 봐 나는 두렵다. 남자든 여자든 흡연자는 담
배 한 개비에 불을 붙일 때마다 자신의 삶에 나태함을
끌어들이고 정당화한다.

향락을 좇는 습관은 담배 피우는 습관보다는 덜 독
재적이지만 결국 인간을 지배하게 된다. 오 쾌락이여,
금이 가도록 이마를 박고 또 박는 숫양이여! 아마도 유
일하게 부적절한 호기심은 생전에 삶 바로 너머에 무
엇이 있는지 알아내려고 고집부리는 자의 호기심일 것
이다.. 쾌락에 소진된 사람들은 항상 처음에는 광신자
처럼 미친 듯이 구렁을 향해 돌진한다. 하지만 그들은
다시 올라온다. 그리고 구렁에 들어갔다 나오는 버릇
이 생긴다. "지금이 네 시… 다섯 시에 내 구렁에 들어가
야지…" 어쩌면 평범한 사랑의 법칙을 거부한 이 젊은
시인은 저녁 여덟 시 반의 사적인 구렁에 빠질 때까지
는 현명한 사람이었을 것이다. 그것은 그녀가 상상한
구렁이었을까? 구울은 그리 흔하지 않다.

아말리아와 라뤼시엔

구울, 흡혈귀… 사람들은 그녀를 이렇게 부르곤 했다. 지금은 세상을 떠난 그녀의 악명은 35년인가 40년 전에 절정에 달했다. 예전에 나와 함께 순회공연을 다녔던 나이 지긋한 배우 아말리아 X는 그녀를 못생긴 사람으로 묘사하면서도 "연미복만은 세련되게 잘 어울렸다"고 말해 줬다.

"그래 봤자 사람들이 보기엔 또 한 벌의 잘못 재단된 남자 정장일 뿐이겠죠!" 내가 말했다.

여러 점의 초상화 속에서 그녀는 피부색이 거무스름하고 골격이 두드러졌으며 입술은 납작했고 스물다섯 살의 처녀로 변장한 남자의 오만함을 풍기고 있었다. 그녀로 인해 소녀들은 비탄에 빠졌고, 한 젊은 여인은 그녀의 집 창문 밑에서 자살했으며, 부부들은 갈라섰고, 경쟁자들은 이따금 피를 흘렸다. 그녀의 집 대문 앞에는 꽃이 한가득 놓였고, 그녀의 콧대는 세상 누구보다도 높았다. 아니, 지원자가 그토록 많은데 선택받은 이는 몇 없다니? 하지만 가혹한 괴물은 그런 식으로 손익을 따지지 않는다. 그보다는 정신적 쾌락에 일가견이 있는 사람답게 아주 잔인한 놀이를 벌인다. 죄를 거의 짓지 않고도 해를 끼치는 것은 평범한 여자가 할 행동이 아니다.

가명 '뤼시엔 드 OOO'가 적힌 사진 속의 그녀는 약간 천박한 취향, 말하자면 여성스러운 취향의 흔적이 엿보이는 남성 정장을 제대로 갖춰 입었다. 가슴팍에 꽂힌 손수건 끝이 손가락 두 개의 폭만큼 너무 위로 올라갔다. 삼각 숄, 상의의 옷깃이 벌어진 폭이나, 신발 스타일도 애매하다. 그런 모습을 보면 가짜 남성의 훤히 드러난 이마 아래에 갇힌 여성적 상상력을 통해 그녀가 주름 장식이나 리본, 비단처럼 고운 천을 택할 수 없었음을 후회하는 것처럼 느껴진다... 이상한 일이다. 남자들을 등쳐 먹었던 그녀의 유일한 관심사가 늠름한 남자 기수처럼 차려입고 행동하는 것이었다니. 허세를 버린다는 것은 그녀에게 어려운 일이었다. 그녀는 오만방자한 이들의 시대에서 온 사람이었다(그녀의 공격적인 글씨체도 그 시대의 유물이었다). 제1차 세계대전이 시작된 즈음에 세상을 떠난 순회공연 배우 아말리아 X는 '라뤼시엔' 이야기를 해 주면서 그녀를 라이벌로 여겼다. 아말리아도 한때 라뤼시엔만큼이나 많은 사랑을 쟁취했고 위험한 모험을 일삼았던 것이다. 그녀의 말이 사실이라면, 아말리아는 곤히 잠든 어느 술

탄[1]의 침실에서 서슴없이 빠져나와 베일을 쓰고 콘스탄티노플의 밤거리를 걸어, 금발의 젊고 상냥한 여인이 잠도 미루고 그녀를 기다리는 호텔 방으로 가기도 했다...

용감한 아말리아는 타르브였나 발랑시엔이었나 어느 우중충한 카페의 작은 금속제 원탁 위에서 타로 카드를 섞으면서 털어놓았다. "알다시피 그 시절 콘스탄티노플의 밤은 라샤펠 대로보다도 위험했거든..."

콧수염이 살짝 나고 류머티즘성 관절염에 시달리며 힘과 생기가 바닥났으면서도, 아말리아는 예순이 넘은 나이에도 여전히 세상을 '구경하는' 태도로 살았고, 과거의 추억을 맛깔나게 이야기했다. "나한텐 없는 게 없었어. 아름다움이든 행복이든 불행이든. 남자도, 여자도 모자라지 않았어... 그런 게 인생이지!" 그 시절을 떠올리기만 해도 아말리아의 이스라엘 사람다운 커다랗고 예쁜 눈이 천장에 닿을 듯이 커졌다.

나는 물었다. "하지만 당신과 여자 친구 사이에 어두운 거리와 모험, 암흑 속의 그림자들, 방금 떠나 온 늙은 남자가 없었더라면, 그러니까 위험하지 않았다면 그토록 온 힘을 다해 달려갔을까요?"

---

1 이슬람교국의 교주. 이슬람 세계에서 성속(聖俗)의 지배자를 이르는 말

나의 친애하는 동료 아말리아는 타로 카드의 목맨 사람, 술잔, 검, 자신을 향해 웃고 있는 해골에서 잠시 눈을 떼고 말했다.

"그런 질문은 하지 말아 줘. 난 늙은 여자고, 이 사실부터가 그리 즐겁지 않아. 왜 내가 젊은 남자만큼 가치 있었다는 환상을 뺏으려는 거지?"

"그러면 그 터키 노인의 집에서 나오는 순간 당신은 여자이기를 멈췄다는 사실을 알고 있었나요?"

"그건 아니지! 너무 복잡하게 생각하네! 여자이기를 멈출 필요는 절대 없어. 어떤 경우라도 말이야. 그리고 잘 기억해 둬. 여자들끼리의 사랑은 오래 지속될 수 있고 둘은 행복하게 지낼 수 있어. 하지만 두 여자 중 한 명이 조금이라도 내가 가짜 남성이라 부르는 그런 존재로 변한다면…"

"불행해지나요?"

"반드시 불행해지는 건 아니지만 슬퍼지지."

"그런가요? 자세히 좀 얘기해 주세요…"

아말리아는 소중한 타로 카드를 원탁 위에 신비스럽게 놓았다. 카드에서는 기름에 절은 판지 냄새, 낡은 가죽 냄새, 다 해진 낡은 가방 속에서 굴러다니는 심지긴 양초의 수지 냄새가 났다.

"너도 알겠지만 여자로 남은 여자는 완전한 인간이야. 그녀에겐 아무것도 부족하지 않아. 심지어 '여자 친구'와 관련된 측면에서도. 하지만 남자가 되고 싶단 생각을 하기 시작하면, 그로테스크해져. 남자인 척하는 여자만큼 우스꽝스럽고 슬픈 게 어디 있겠어? 적어도 이 생각만은 너도 바꾸지 못해. 뤼시엔 드 OOO 말인데, 그녀가 남자 옷을 입기 시작한 바로 그날부터 중독됐단 생각이 들지 않니?"

"무엇에 중독됐죠?"

"바로 그날부터 그녀의 '여자 친구들'은 그녀가 남자가 아니란 사실을 까먹을 때도 있었지만, 그녀는 어리석게도 그 생각을 멈출 수 없었어... 그래서 원하는 상대를 차지하는 데 성공하면서도 항상 '불만스러운 티'를 냈지. 머리에 박힌 그 생각 때문에 제대로 쉬지도 못했고, 더 심각한 건, 자신에 대한 확신도 잃고 말았어. 멋쟁이긴 하지. 하지만 불만으로 가득 찬 멋쟁이라고. 불만이라고 했지 '슬프다'고 하진 않았어. 약간의 슬픔은 여자들끼리의 사랑에 전혀 해롭지 않아. 슬픔은 빈 곳을 채워 주거든. 여자라면 누구나 자기가 슬펐던 시절을 그리워해 봤을걸."

"슬픔은 빈 곳을 채워 주거든..." 이 말에서 그녀의 동성애 성향이 느껴진다. 그것은 여자로서의 열정을 가두어 놓은 엄격한 고립, 관능을 터득하는 기간, 그 준엄한 통과 의례에서 움튼다. 그것이 없다면 여자는 미완성 스케치로 남을 것이라고 모르니 공작은 말했다. 내 기억이 맞는다면, 교양 있는 아마추어 모르니는 이 시기를 통해 단지 관능의 '등급'이 향상된다고 여기는 것만은 아님을 우리에게 이해시키기 위해 자세히 설명했다. 그는 마치 다이아몬드로 다이아몬드를 연마하듯이 여자가 여자를 정제하고, 더욱 부드럽고 유연하게 만든다고, 흠집이 나면 날수록 더욱 좋다고 믿는 듯했다. 모르니는 여자에게 과감한 협력을 요청하는 노련한 남자로서 분명 이렇게 말했을 것이다. "당신에게 미완성의 원석을 맡길 테니... 완성해서 돌려주시오!"

아말리아가 다시 입을 열었다. "바로 그 순간부터 라뤼시엔은 검을 휘두르기 시작했지. 연애 상대에게 온갖 나쁜 짓 하는 걸 즐기기 시작했어. 이유 없는 헤어짐, 조건을 건 화해, 불필요한 이별과 도망침, 눈물 젖은 광경들, 내가 아는 것만 해도 이래... 강박적이었지.... 뤼시엔 곁에 룰루라는 예쁜 금발의 여자가 있었는데, 밤중에 반쯤 벗은 그 여자를 정원으로 내쫓았어. 자기랑 룰루의 남편 중에서 누굴 선택할지 마음을 정하라는 거였지. 동이 트기 전에 뤼시엔은 발코니로 몸을 내밀고 말했어.

'생각해 봤어?'

'응.' 룰루는 추워서 코를 훌쩍이며 말했어.

'그래서?'

'엑토르에게 돌아가겠어. 곰곰이 생각해 보니 당신이 못하는 일을 그는 할 수 있거든.'

'그야 그렇겠지!' 라뤼시엔이 표독스럽게 말했어.

'아니, 당신이 생각하는 그런 게 아니야.' 룰루가 말했어. '난 그걸 엄청나게 좋아하지 않는다고. 다만 한 가지 말해 둘게. 우리 둘이서 외출할 때, 식당에 가거나 시골로 여행을 가면, 사람들은 당신이 남자인 줄 알지. 그건 좋아. 그런데 내 입장에선 벽에 대고 오줌도 못 싸는 남자랑 같이 다니는 게 굴욕적이야.' 뤼시엔은 거의 모든 것을 예상했지만 이것만은 예상하지 못했지. 얼마나 화가 났던지 그녀는 다시는 룰루를 만나지 않았어... 왜 웃는 거지?"

"너무 유치해요! 룰루가 마지막에 한 말이요."

아말리아는 성난 커다란 눈으로 나를 쳐다봤다.

"유치하다고! 하지만 룰루는 생각해 낼 수 있었던 가장 불쾌한 얘기를 한 거라고!"

"왜 그렇죠? 저한텐 유치하고 충분히 우스꽝스럽게 들리는데…"

"다시 말하지만 가장 불쾌한 얘기였다고! 이건 쉽게 설명할 수 있는 문제가 아니야… 뉘앙스라든지, 분위기라든지… 네가 이해하지 못한다면, 난 도저히 설명해줄 수 없어. 난 네가 전혀 이해하지 못하는 문제들에 왜 그렇게 관심을 보이는지 도무지 모르겠어! 이제 날 좀 내버려 둬. 넌 벌써 내 '운명'을 충분히 방해했다고!"

아말리아는 긴 속눈썹을 여윈 뺨 위로 내리깔고 관절염으로 부은 검지로 타로 카드들을 말없이 엄숙하게 이리저리 짚으며 자신의 운명을 점쳤다…

내가 그녀의 '운명을 방해한' 상태가 아니었던 적이 몇 번이나 있었을까? 나는 이야기를 듣기 위해 순진한 척을 했었다. 밤에 동방의 골목길을 달려 수많은 위험을 가로질러 멀리 떼어 놓고 마치 정성껏 복제한 듯한 자신의 몸과 같은 몸 위에 올라 양팔로 얼싸안았던 정복자의 특징을 찾아 그녀의 얼굴, 굵은 눈썹과 로마인 같은 턱 사이를 자세히 살피는 것을 좋아했다… 튀니지 출신 유대인처럼 초록빛이 감도는 하얀 색의 매끈하고 탄탄한 그녀의 팔, 그것은 궁극의 아름다움이었다. 그녀를 믿고 잠든 젊은 여인들을 떠받치고, 긴 머리카락의 그물 아래서 빛났던 그녀의 팔…

"들어 봐요, 아말리아… 룰루가 남편에게 돌아가기로 한 걸 당신이라면 어떻게 설명하겠어요?"

"설명할 게 없어." 아말리아는 당당하게 말했다. "게다가 난 룰루가 돌아갔다고 말한 적도 없고…"

"남편은 어떤 사람이었죠?"

"아주 좋은 사람." 아말리아는 돌연 강한 연민을 내비치며 말했다. "잘생겼고 황금빛 머리카락에 체격이 크고 얌전한 남자였지… 룰루를 성가시게 하지도 않았고. 사실 좀 의뭉스러웠지."

그녀는 눈을 들어 먼 기억 속에서 황금빛 밀밭 같은 머리를 보았고 다시금 적의를 품었다.

"그래, 좀 의뭉스러웠지만… 참을성이 더없이 강했지… 천사처럼 참았어!"

참을성이 더없이 강했다라… "완성해서 돌려주시오!" 완성하는 것은 괜찮은데, 돌려달라니? 아말리아와의 대화를 떠올리면, 이런 경우에는 남성의 경솔함이 부각된다고 나는 생각한다. 옳은 길로 돌아오라는 명령을 받은 소중한 담보물은 연인에게 이렇게 말하지 않을까? "아니, 돌아가지 않겠어. 거기에서보다 여기서 더 행복해."

"룰루에게 중요했던 건, 끔찍한 말로 복수하는 것, 뤼시엔에게 상처를 주는 거였다고…"

"뤼시엔에게 상처라고요! 끔찍한 말이라뇨! 너무 우습잖아요… 어린 아가씨처럼 말씀하시네요! 이렇게 유치할 수가… 분명 나보다 그 남자가 더 크게 웃었을걸요, 그 체격이 크고 얌전한 남자… 그는 때를 기다리고 있었던 거예요…"

"유치하다고? 버릇없이! 어쩜 나한테 그런 식으로 말하지?"

그녀는 언짢아하며 나를 아래위로 훑어보고 콧구멍을 벌렁거렸다. 노여움 때문에 과장된 그녀의 위엄 있는 이목구비는 여자들의 비밀스러운 악습을 고발해 그녀들을 보기 흉하게 만드는 나쁜 사제의 얼굴 위에 얹혀 있는 느낌이었다. 육십이 넘은 이 여인은 대성공을 거둔 경쟁자 앞에서 당당했고 뤼시엔의 만성적으로 불만스러워하는 '낯짝'을 흉내 낸 짜증을 부리며 자신이 더 우월하다고 시비를 걸었다. 완성하는 것은 괜찮은데, 돌려달라니!

이 신랄함은 체념히고 조롱하는 방관자가 되어 잠시 자신을 떠난 여자를 기다리는 남자의 자유분방한 평화에 견줄 만하다. "널 다시 잡고 말 거야…" 그만한 자

신감과 의기양양함은 보상받을 가치가 있다. 실제로
거의 항상 보상받는다.

"아말리아, 당신은 충실한가요?"

"누구에게?" 그녀가 빈정거리며 말했다.

"여자 친구에게요."

그녀는 갑자기 멸시하는 듯한 태도를 가장했다가
거침없이 말했다.

"아! 여자들에게? 경우에 따라 다르지."

"무엇에 달렸나요?"

"생활 패턴에 달렸어. 직업 때문에 함께 살지 못할
때 나는 충실하지 않았어. 내 여자 친구도 마찬가지였
고."

"왜죠?"

아말리아가 피곤하다는 듯 가슴의 고약한 무게 탓
에 앞으로 쏠린 넓은 어깨를 또 한 번 으쓱했던 것을 기
억한다.

"그냥 그런 법이야. 내가 뭐라고 말하길 원해? 그걸
겪어 내는 수밖에 없어. 난 겪어 냈고... 그런 법이야. 여
자는 옆에 없는 여자에게 충실하지 않다고."

나는 그녀를 더 괴롭히지 않았다. 그녀가 뻐기듯이
말한 '난 겪어 냈고' 이상을 말해 주지 않을 거라 확신했

기 때문이다.

나는 그녀의 무지와 지혜의 명백한 한계를 더듬어 보는 일을 좋아했다. 두 가지 종류의 사랑에 대해 자신이 겪은 딱 그만큼만을 알고 있었던 그 무지를. 서정성을 배제한 꿋꿋함의 한계를. 그녀의 기억이 말라 버리고 기분 좋은 투덜거림이 멈췄으므로, 나는 그녀를 '타로 카드'에 열중하게 내버려 두고, 그녀 없이 더 멀리 나아갔다...

랑골렌의 여인들

서로 사랑하는 두 여자만큼 약하고 위태로운 관계를 냉정하게 다루는 일이 얼마나 꺼려지는지! 이런 관계에 내 마음이 동요하던 시절은 지나갔다. 내게 남은 것은 반드시 필요한 공정성과 대개 시작 단계에서는 온통 선의로만 가득한 두 존재의 결합 시도, 그것의 진정한 미묘함과 사무침을 바라보는 정교한 관점이다. 흥분이 주는 안도감은 안식처를 마련해 그곳에서 사람들을 보살피려는 근면한 여자로서의 본능을 일깨운다. 활기를 되찾은 여자들은 그 본능이 감정의 집을, 맞댄 두 이마와 단단히 깍지 낀 두 손과 하나가 된 두 입술이 떠받치는 무형의 집을 짓기 위한 재료들을 끌어모으게 한다는 사실을 잊는다... 그렇다. 나는 당당하게, 말하자면 불같은 열정으로 내가 '여성적 정열의 고귀한 시절'이라 부르는 것에 관해 이야기하고 싶다. '고귀한 사랑의 시절'이 아니라 '고귀한 시절'이라고 나는 쓴다. 비록 더는 순수하지 않다고 해도, 순결하고 정열적인 약혼기에 비유할 수밖에 없는 시절 말이다. 대다수가 비난하는 사랑의 고귀한 시절에 연인들은 명백한 쾌락을 경멸하고 깊이 생각하며 객관적인 태도로 미래를 계획하기를 거부한다. 그것이 자신들의 고귀함을 드러내는 방식이다. 매 순간 미래를 흐트러뜨리고 부정하며, 처음도 끝도, 변화도 외로움도 고려하지 않고, 둘이 함께 있을 때만 숨 쉬고, 서로 팔을 두르고 발맞춘 상태로만 걷는 이 두 여자가 미래에 대한 감각을 어디서 익히겠는가? 이 시기에는 기괴하게도 거울 앞에서 사색하는 것과 흡사한 삶, 정상적인 사랑을 질식시킬 게 뻔한 규칙적인 삶이 정립된다. 남자에게 푹 빠져 사랑받고 많은 것을 요구하는 동안, 여자는 행복할 때조차 간간이 엄습하는, 혼자가 될 가능성을 물리칠 수 없다. '언젠가 그가 없는 날.. 저 벤치에서 그를 기다릴 테지..' 사실 애인을 멀리할 때마다 여자는 연인에게 닥쳐올 위험들을 뒤로 미루는 게 아닐까? 그러나 남자와 무관한 연인이 맺어졌을 때는 얘기가 다르다. 서로에게 몰두한 두 여자는 감당할 수 없는 이별을 두려워하지 않고, 상상도 하지 않는다. 잠을 자거나 목욕을 하거나 병을 앓는 동안 남녀를 서로 떨어져 있게 하는 수치심은, 같은 괴로움을 겪고 같은 돌봄을 받고 같은 숙명적인 순결을 지킬 예정인, 쌍둥이 같은 두 육체 사이에는 거의 끼어들지 않는다.. 여자는 자신이 사랑하고 동정하는 여자와 똑같이 생겼다는 사실에 경탄하고 감격한다... 연약한 존재들의 기적, 다정한 교제의 기적이 아닌가! 함께 사랑하며 사는 와중에 두 여자는 이윽고 서로에 대한 애정의 근원이 관능이 아니라는 것을 발견할 수 있다. 르네의 철없고 길 잃은, 가여운 냉소적 의견과 달리 절대로 관능이 아니다! 단지 쾌락을 위해서만 여자 친구를 찾는 행위에 얼굴을 붉히지 않을 여자는 없을 것이다. 두 여자의 충실성을 형성하는 것은 관능이 아니라 일종의 동족성이다. "내 자매들이여!" 르네 비비앵은 끊임없이 탄식한다. 하지만 그녀는 정도의 차이는 있지만 하나같이 괴로워하고 생기 없으며 눈물에 푹 절여진 자매들을 노래한다. 위에서 나는 '동족성'이라고 썼지만 어쩌면 '유사성'이라고 써야 했는지도 모르겠다. 긴밀한 유사성은 정욕조차 안심하게 한다. 여자는 자신이 비밀을 알고 있는 육체를 애무한다는 확신에서, 바로 자기 자신의 몸이 상대의 기호를 알려 준다는 점에서 만족을 얻는다.

"가여워라! 오, 가여운 것!" 연민과 자부심으로 가득한 더없이 감미로운 외침! 이렇게 여자는 방금 자신이 환희의 절정을 경험하게 도와 준 여자 친구를 어르고 달랬다... 그러고는 침묵 속에 내버려 두었다. 꺼져 가는 불씨를 살리는 부채질 같은 되뇌임은 있어도, 서로 힘을 합쳐 끊임없이 노력해야만 정교하게 유지되는 결속을 위협하는 말을 하라고는 전혀 강요하지 않았다. 두 기둥의 그림자처럼 어떤 곳은 날씬하고 어떤 곳은 볼록한, 서로 복제한 듯한 두 그림자가 꼭 붙어 있다가 떨어져 둘 사이에 침입자가 들어오게 허용한다면, 그것만으로 두 사람의 정신적 유대를 망가뜨리기에 충분하다.

둘 사이의 공간에 비친 그림자가 최악의 침입자인 남자일 필요는 없다. 지극히 평범한 침입으로도 두 여인이 자신들의 영혼을 창조하는 데 전념하던 인큐베이터의 평등한 분위기가 치명적으로 바뀔 수 있다. 종종 남자가 불쑥 나타나 여자를 매혹하고 오로지 눈부신 '다름'으로 여자를 기진맥진하게 하는 자신의 사명을 충실히 이행한다. 남자는 상대적으로 사치와 허영 그 자체처럼 보인다. 그는 고향의 혹독한 기후처럼 해로우면서도 반드시 필요하지만, 사람들이 자신을 여분의 존재로 갈망하는 것을 좋아한다. 때로 두 여자는 남자가 침투한 경로를 메울 시간이 있고, 지대한 상실까지 공유함으로써 열렬히 다시 하나가 된다...

여자들이 짝지어 등장하고 또 등장하는 이 부분에서 내가 열띤 쾌락에 너무 작은 역할을 부여하는 것처럼 보일 것이다. 레즈비언의 방탕함이야말로 내가 허용할 수 없는 유일한 한 가지이기 때문이다.

음식점에서, 무도장에서, 트랭블뢰[1]에서, 거리의 보도에서 우연히 만난, 상대의 욕정을 자극하고 한숨짓는 대신에 웃기만 하는 레즈비언들은 모질게 비난해야 마땅하다. 두 여자의 결합에는 석양과 침묵과 엄숙함이 아무리 많아도 부족한 법이다. 자신의 '독신자의 삶'을 이야기하며 즐거워하는 잘못을 저지른 선량한 아말리아의 몇몇 외설적인 특징을 회상하며 기록할 때, 나는 좋은 기분을 간신히 유지할 수 있었다. 사랑에 빠진 두 여자는 성적 쾌락도 피하지 않고, 절정의 순간보다는 산발적이지만 오히려 더 따뜻한, 은근한 감각적 쾌락도 피하지 않는다. 그 감각은 한순간에 해소되어 사라지지 않고, 뭔가를 요구하지 않는다. 주고받은 눈길에, 어깨에 얹은 팔에 기뻐하고, 머리카락 사이에 숨어 있는 훈훈한 밀 향기에 동요되는 감각이다. 그것은 항상 함께 있는 기쁨, 서로에게 익숙한 기쁨으로, 둘 사이의 충실성을 싹틔우고 정당화한다. 하지만 이런 날들은 늘어선 거울에 반사된 램프의 빛처럼 경이로울 정

---

1 1922년부터 2003년까지 프랑스 칼레와 지중해 연안 사이를 운행했던 야간 급행열차

도로 짧다! 어쩌면 이 사랑은 – 어떤 이들은 이게 사랑에 대한 모독이라 말하지만 – 보이지 않는 엄격함으로 그것을 통제하고, 영양분을 거의 주지 않으며, 어림짐작으로 목표 없이 살아가고, 이 사랑이 꽃피운 유일무이한 결과물이 신뢰라는 조건 아래, 사랑의 모든 계절 변화와 쇠퇴를 피해 가는지도 모른다. 그래서 다른 종류의 사랑은 이 신뢰를 탐색하거나 이해할 수 없고 다만 부러워할 뿐이며, 이 신뢰 덕분에 50년이 "감미롭게 즐긴 휴식 속의 하루"처럼 흐른다. 마지막에 인용한 어구는 레이디 엘리너 버틀러의 펜으로 수천 번 쓰이고 그녀의 일기장[2] 사이에 애정의 책갈피처럼 간직된 것이다.

1778년 5월, 웨일스[3] 귀족 출신의 두 소녀가 도망쳤다. 자신들의 운명을 정한 두 여인은 웨일스의 시골 마을에서 53년 동안 은둔하며 다정한 관계를 숨기고 살았다. 둘 중에서 연상인 여자는 아흔 살까지 살았다. 1825년 월터 스콧 경은 '랑골렌[4]의 여인들'이라 불리던

---

2 엘리너 버틀러(1739~1829)와 세라 폰슨비(1755~1831)가 함께 사는 동안 버틀러가 남긴 일기

3 다른 자료에 따르면 두 여인은 아일랜드 귀족 출신이었고, 일부러 아일랜드를 벗어나 웨일스 시골 지역에 정착했다고 한다.

4 랑골렌Llangollen은 웨일스 북부의 작은 마을이다. 웨일스어 발음으로는 '흐랑골흐렌'에 가깝지만 편의상 영어식 발음인 '랑골렌'으로 표기했다.

두 사람을 방문했다. 스콧의 사위는 그녀들이 "우스꽝스러웠다"고 전했다. 하지만 1828년 퓌클러 무스카우 대공[5]은 시대에 뒤처진 옷 때문에 조금 이상해 보일 수 있다고 동의했지만 "유쾌한 자연스러움, 편협하지 않으며 구체제스러운 분위기, 가식 없는 정중함"이 나이 지긋한 두 여인에게 기품을 더해 주었다고 주장했다. 그녀들이 프랑스어를 올바르게 구사했고 무엇보다 예의 바르고 꾸밈없었으며 상류 사회의 예절을 지니고 있었다는 사실 또한 알려졌다…

내게는 그녀들의 삶이 끝나갈 무렵 그려진 볼품없는 초상화의 복제품이 있다. 나이가 더 많은 엘리너 버틀러가 더 작아 보인다. 보는 이와 얼굴을 마주한 그녀는 무거운 천의 검은 옷에 목이 파묻혔고 꽉 끼는 짧은 웃옷과 풍성한 스커트를 입고 있었는데, 이 옷들의 재단 상태를 보면 마을 재봉사의 작품임을 알 수 있다. 엘리너는 왼손으로 두 개의 겹쳐진 스커트를 살짝 잡았고 그 아래로 작고 흰 페티코트와 평평하고 끝이 네모난 신발이 보인다. 흰 고급 삼베 재질의 스카프가 주름진 목을 가렸다. 세라 폰슨비의 옷차림도 엘리너의 것

---

5 Hermann, Fürst von Pückler Muskau(1785~1871). 프러시아의 귀족. 조경과 원예에 관심이 많았고 유럽과 북아프리카를 여행하고 여행기를 다수 출간했다.

과 같다. 둘 다 가장자리가 둥근 양동이 모양의 긴 실크 모자를 썼다. 그녀들은 바위투성이 풍경, 세례당에 있는 것처럼 생긴 분수, 고딕 양식의 아치와 허약한 뒷발로 똑바로 서 있는 그레이하운드 암컷 등 그 시대 특유의 소품들을 빼놓지 않았다.

고집 센 두 여인의 젊은 시절, 서로에 대한 신뢰로 빛나는 얼굴을 볼 수 있었다면 좋았을 것이다. 그러나 내 손에 있는 것은 그녀들의 삶을 기록한 글뿐이다. 나는 영어로 된 글을 약간의 아픔을 느끼며 천천히 읽었다.

두 사람의 도주는 크나큰 스캔들이었다. 하지만 호기심이 한풀 꺾이자, 사방에서 '랑골렌의 여인들'에게 우정과 존경의 표시를 보내 왔고 상류층 사람들(이 대목에서 엘리너 버틀러는 프랑스어를 썼다)의 발길이 끊이지 않았다. 마담 드 장리[6]는 이렇게 썼다. "두 사람 모두 가장 고귀한 예절과 교양 있는 정신을 지녔다." 하지만 그렇게 시작된 글은 솔직한 몰이해 속에서 입장을 완전히 바꿔 그녀들을 동정한다. "가장 위험한 이성과 감성의 고양에 경솔하게 희생된 자들이여. 그러한 상태에 빠지고 그렇게 맹세한 이후로 그녀들은 자신들

---

6 Madame de Genlis(1746~1830). 프랑스 작가, 교육자

의 산에 영원히 속박되었다! (…) 세상 사람들의 눈에는 그녀들보다 카르멜회 수녀의 운명이 덜 불쌍해 보일 것이다! (…)"

그 시대 작가들에게 강요되었던 요소인 '눈물바다' 속에 마담 드 장리를 놔두고, 퓌클러 무스카우 대공을 좀 더 믿어 보겠다. 그는 이렇게 썼다. "존경스러운 두 귀족 여인은 그녀들의 집을 제외하고 어디에도 관심이 없다. 그 집에 진짜 보물들이 있는 것은 사실이다. 많은 장서가 탁월하게 갖춰진 서재, 멋진 전망과 위치… 평등하고 평화로운 삶, 완벽한 우정 – 이것이 그녀들의 재산이다…"

그녀들은 '존경받으며' 세상을 떠날 수 있어 행복해 했다. 이것은 나이 든 사람들이 거의 극복하지 못하는 약점이다. 그녀들이 영국인이었고 귀족 출신이었다는 점 또한 고려해야 한다. 50년 전으로 거슬러 올라가 그녀들의 평온한 삶의 원류에서 두 여인은 적어도 잿더미 속에서 여전히 뜨겁게 살아 있는 첫 도주의 밤, 소설 같았던 그 밤의 기억을 찾을 수 있었다. 필사적인 뜀박질, 산의 도로를 따라 이어진 길, 양모 신발 속에서 피흘리던 발… 그다음에는 버려진 곳간에서 밤하늘의 별을 보며 이틀 밤을 보냈다. 그때 세라는 자신을 보호하는 엘리너의 두 팔에 안겨서도 추위에 떨었다... 초조하고... 열이 점점 높아지고... 세라의 작은 개가 짖는 소리를 듣고 추격자들이 쫓아왔다...

소설에 취해 있었던 그녀들은 열린 문으로 나가는 대신에 창문에서 뛰어내렸다. 둘은 비밀리에 연락을 주고받고 하인들을 매수했다. 그녀들은 떠날 때 다룰 줄도 모르는 총기를 챙겼고, 평생 말 위에 앉아 본 적이 없었으면서 말을 타고 도주했다... 상황이 복잡하게 얽히고, 재주도 부려야 했다. 비극과 유치한 눈물도 있었다. 하지만 바로 거기서 새파란 줄기에 기대어 굳세게 피어난 아이리스처럼 유일무이한 감정이 솟아오른다.

첫 번째 도주 이후 잡혀서 가족에게 보내진, 둘 중에서 더 어린 세라 폰슨비는 그 일로 죽음 근처까지 간다. 심한 폐울혈로 정신이 오락가락하던 중에도 그녀는 오로지 여자 친구를 부를 때만 빼고 끊임없이 죽어버리겠다는 결심을 표했다. '강인한 성격'의 엘리너는 비명을 지르지도 울지도 않고 밤에 집을 빠져나와 죽어가는 세라를 찾아가고 붙박이장에 숨어 지낸다. 그녀들은 결국 무엇을 원했던 걸까? 거의 아무것도 원하지 않았다. 그저 함께 살기를 원했다. 양쪽 가족이 그들의 터무니없는 행동, 순수하지만 도를 넘은 불꽃의 '머리도, 꼬리도' 이해하지 못하면서도 상황에 압도되어 마침내 양보하자, 두 젊은 여인은 별안간 길들여진 비둘기 한 쌍처럼 다시 유순해진다. 체념하고 흐느껴 우는 폰슨비 가족의 품에서 둘은 평온하게, 그리고 더없이 매정하게 두 번째 도피를 계획했다. "그녀들은 [마지막으로] 아래층으로 내려와 우리와 함께 식사했다. 그토록 자신 있는 태도를 본 적이 없었다. 다음 날 아침 여섯 시에 그녀들은 상상하기 힘들 정도로 기뻐하며 떠났다." 고다드 부인이라는 사람이 자신의 일기에 적은 내용이다.

그날부터 그녀들의 모든 문제가 해결되었다. 은둔의 서약이 젊은 두 여인을 둘러싸 그녀들을 세상으로부터 분리했고, 그녀들의 눈에 비친 세계를 가리고 변형시키고 다시 만들었다. 저 멀리 런던에서 폭동[7]이 요란하게 일었다가 사그라든다. 미국은 독립을 선언하고, 프랑스에서는 왕비와 왕이 단두대에서 목숨을 잃는다. 아일랜드가 반기를 들고, 영국의 배에서 선원들이 반란을 일으키고, 노예 제도가 폐지된다.. 세계적인 흥분, 유럽의 대혼란도 랑골렌을 둘러싼 펭웨른힐스를 넘지

---

7 1780년 성공회가 다수인 영국에서 가톨릭교도에 대한 차별을 줄이는 법령에 반대하는 사람들이 일으켰다. 고든 봉기라고도 한다.

못하고 작은 디강의 물을 탁하게 만들지 못한다. 둘 중에서 연상인 엘리너가 그 시대의 유행을 따라 일기를 쓰지 않았다면(그녀는 43년 동안 일기 쓰기를 딱 두 번 중단했다가 재개했다), 우리는 '랑골렌의 여인들'에 대해 더는 알지 못했을 것이다. 완벽하게 행복한 사람들이 으레 그렇듯 연하인 세라는 모든 표현 수단을 등한시했고 말이 없었으므로, 달콤한 그림자가 되었다. 그녀는 더 이상 세라 폰슨비가 아니라 '우리'라 불리는 한 쌍의 일부분일 뿐이었다. 그녀는 자신의 이름까지도 잃었다. 엘리너는 일기에 세라의 이름을 거의 적지 않았다. 일기 속에서 세라 폰슨비의 이름은 '사랑스러운 그녀', '반쪽', '내 마음의 환희'가 되었다.. 이제 들뜬 마음으로 환상적인 분위기 속으로 들어가 보자. 관념의 장벽을 부수고, 구름처럼 푹신하고 꿈에서처럼 푸르르며 어딘지 모를 곳에서 온 은빛과 보랏빛 광선이 스친, 두 개의 산 사이에 낀 초원을 거닐어 보자.

사랑스러운 그녀가 그림을 그리는 동안 나는 세비

네 후작 부인[8]의 서간집을 읽었다. 7시부터 9시까지는 '내 마음의 환희'와 난롯가에서 달콤하게 수다를 떨었다. 그러고 나서 우리는 컬을 만들기 위해 머리카락을 종이로 말았다.

저녁 내내 그치지 않고 비가 내렸다. 겉창을 닫고 불을 피우고 양초를 켜고… 온전히 집안에서만 보낸 감미로운 하루.

7시부터 10시까지 장 자크 루소[9]의 글을 읽었다. 평화롭고 즐거운 하루.

난로의 불빛과 창백하고 미미한 달빛 말고는 다른 빛 없이 저녁나절을 보냈다. 우리에 관해 대화했다. 나의 다정한 사랑. 사색과 침묵의 하루.

매우 완벽하고 달콤한 고독의 하루.

7시에 일어났다. 천상의 푸른빛과 은빛의 아침… 10

---

8 Marquise de Sévigné(1626~1696). 프랑스 귀족 부인으로 서간집을 남겼다.

9 Jean-Jacques Rousseau(1712~1778). 프랑스 작가, 철학자

시, 사랑스러운 그녀와 나는 홍차 한 잔을 마셨다. 더없이 그윽하게 침잠했던 하루.

사랑스러운 그녀와 함께 집을 한 바퀴 둘러보았다... 기분 좋은 보슬비가 내렸다. 맹트농 부인[10]의 회고록을 읽기 시작했다. 문체가 저속하고 황당한 이야기와 어리석은 의견이 많아 끝까지 읽을지 모르겠다.

읽고 쓰고 그림을 그렸다. 멋진 일출과 쪽빛 하늘. 옅은 연기가 마을 위로 나선을 그리며 올라간다... 셀 수 없이 많은 새들도 보인다!

사랑스러운 그녀와 나는 함께 집 앞을 산책했다.

나는 본의 아니게 자꾸 멈춰서 여러 날들 중 하루를 기념하는 이 구절을 읽고 또 읽게 된다. "사랑스러운 그녀와 나는 함께 집 앞을 산책했다..." 엘리너가 조금 덜 순진한 사람이어서 자신이 죽은 뒤에 일기장이 어떻게 될지 신경을 썼다면, 과연 그렇게만 썼을까? 세라의 새

10   Madame de Maintenon(1635~1719). 루이 14세의 정부

와 꽃 그림 한 점과 그녀들의 삶 전체를 보여 주는 이 한 문장만 남겼어도 후대 사람들을 경탄하게 하고 비방하는 자들을 어리둥절하게 만들기에 충분했다. "사랑스러운 그녀와 나는 함께 산책했다.."

두 여인은 51년 동안 함께 집 앞을 산책했다. 이 달콤한 산책의 처음 몇 년 동안, 그녀들은 영국에서 유행한 흰 드레스를 입고 삼각숄을 가슴 위로 두르고 높이 올라간 허리춤에 헐렁하게 묶었을까? 상류층 출신의 두 여인은 돈이 부족했다. "우리는 난롯가에 앉아 우리의 가난에 관해 이야기했다.." 장담하건대 그녀들은 가난이 은신처의 울타리 안쪽으로 끌어들인 그녀들만의 또 하나의 행복인 양 대화했을 것이다. 우리의 가난, 우리의 구스베리, 우리의 소중한 암소 마거릿... 우리가 곧 신어 볼 신발... 미용사가 다듬어 줄 우리의 머리카락...

엘리너가 '우리의 무덤'이라는 표현을 쓰지 않은 것은 분명 그녀가 마지막으로 잠들 장소의 궁극적인 친밀함과 관계있는 말들 앞에서 뒷걸음쳤기 때문이다. 하지만 그것을 모호하게 암시하는 일은 멈추지 않았다.

감미롭게 휴식한 하루였다. 저녁나절에 사랑스러운 그녀와 나는 서류를 작성하고 서명했으며 세 개의 검은 인장으로 봉인해 책상의 첫 번째 서랍에 넣었다. 이 서류는 우리 두 사람이 사망할 때까지 그곳에 보관될 것이다. 바로 그날, 서류에 적힌 서약이 이루어지기를 기대한다.

그녀가 세 개의 검은 밀랍 인장을 언급하지 않았다면 우리가 그것들을 일부러 지어내고 요구했을 것이다. 세 개의 검은 인장, 밤, 하나의 서약, 서약 아래 엄숙하게 적힌 두 이름… 절로 미소가 지어진다. 이런 유치한 행동은 정열적인 사랑에 빠진 사람들에게 보편적으로 나타난다! 하지만 여타의 사랑과 전혀 다른 점은 그녀들의 사랑이 변함없이, 부침 없이 반세기 동안 지속되었다는 것이다. 말하고, 글로 쓰고, 서명하고, 몇 마디 속삭임을 주고받고, 바람과 열두 번 울리는 자정의 종소리와 부엉이들에 귀 기울이고, 웨일스의 주택에 사는 모든 유령을 불러내고 나서, 두 여인은 등불을 켜고 손을 맞잡고 외양간으로 소중한 암소 '마거릿'을 보러 간다.

시간을 초월한, 닿을 수 없는 곳에서... 그녀들은 어쩌다 한 번씩 현실의 충격을 짧게나마 느꼈다. 그녀들의 가출은 화제가 되었고 신문이 그것을 상기시키곤 했다. 엘리너는 그 사실에 화를 내고 힘 있는 친구들에게 편지를 쓰고 상류층 일가친척에게 불평했다. 행복하고 말이 없었던 세라 폰슨비는 이를 어떻게 생각했을까? 우리는 영원히 알 수 없다. 우리가 알 수 있는 것은 자르낙 백작[11]이 두 여인을 방문해 1789년 파리의 사건들 – 루이 16세의 베르사유궁으로의 도피, 루이 16세가 다시 파리로 돌아온 일, 대중의 폭동, 여러 끔찍한 일들 – 을 이야기해 준 날, 사랑스러운 그녀는 하얀 새틴에 금색 이니셜을 수놓고 푸른색과 금색의 장식을 덧대어 담청색의 실로 감침질한 편지 주머니를 완성했다는 사실이다... "우리는 자르낙 백작의 이야기에 매혹되었다"라고 엘리너는 덧붙인다. 그녀는 영국인다운 냉정함으로 정확하고 간결하게 프랑스 혁명을 요약하는 일도 소홀히 하지 않지만, 곧바로 더 급한 화제로 돌아간다.

"사랑스러운 그녀와 나는 블라인바케[12]에 갔다... 실

---

11 Comte de Jarnac(1740~1813). 프랑스 귀족, 군인.
12 두 사람이 함께 살기 위해 북부 웨일스의 시골에 처음 갔을 때 집을 빌렸던 작은 마을

을 잣고 있는 예쁜 여자, 인형을 든 아기, 두 마리의 잘생긴 개, 흑백 얼룩 고양이 한 마리를 봤다.." 철없는 모험, 사랑이 가득한 요정의 나라… 어떻게 감히 모든 걸 말하겠는가! 약간의 체면 때문에 그녀는 '메꽃에 앉은 요정, 새의 발을 가진 작은 남자, 장화 신은 다람쥐'도 보았다고 덧붙이지 않는다. 대다수 보통 사람이 받아들일 수 있는 내용만 적는다. "우리 정원에 옮겨심기 위해 호랑가시나무 열매, 딸기나무 모종들을 가져왔다… 사랑스러운 그녀와 나는 젖 빠는 송아지를 구경하고 구스베리를 땄다…"

나는 엘리너 버틀러의 일기에서 이 대목, 저 대목을 골라 번역하고, 순서를 바꾸기도 한다. 이에 대해 전혀 용서를 구하지 않겠다. 이 일기처럼 환상적인 이야기에서는 춘분이나 추분 따위를 걱정하지 않으니! 푹신하고 더없이 짙은 초록 풀밭이 다음 날이면 부스러진 수정 같은 서리로 덮일 수도 있었다. 그녀들의 집과 작은 언덕에 좋은 날씨나 나쁜 날씨라는 게 있었을까? 그곳에 존재하는 것은 '랑골렌 날씨'밖에 없었다. "기분 좋은 보슬비가 내렸다. 사랑스러운 그녀와 나는 집을 한 바퀴 둘러보았다. 천상의 날, 근사한 하루였다."

이 빛나는 우정의 마법은 마을 사람들로 하여금 두

여인을 숭배하게 만들었고, 심지어 짐승들에게도 영향을 미치는 듯했다. 짐승들은 그녀들의 집 가까이에서 마술에 걸렸다.

덤불에 토끼 한 마리가 있었다! 마을에 부탁해서 사냥개들을 데려왔다. 하지만 개들은 코가 없다. 틀림없이 눈도 없다. 서재 창문 밑, 개들 바로 앞에 앉아 있는 토끼를 보지 못하고 냄새도 맡지 못했으니까.

좋을 때도 나쁠 때도 하나가 되기로 한 두 여인은 어느 것도 멸시하지 않았다. 그녀들이 맞잡은 아름다운 손이 서로 떨어지는 것은 집안일을 하고, 채소 씨앗을 뿌리고, 가구에 기름을 칠하고, 은혜롭고 한정된 그녀들의 세계를 이루는 각각의 훌륭한 요소들에 윤을 낼 때 뿐이었다.

여섯 시에 일어났다. 사랑스러운 그녀와 나는 정원으로 갔다. 세 종류의 오이씨를 뿌렸다. 스피넘랜드 보

조금[13]을 받은 덕분에 응접실 식탁을 기름칠했다. 칠한 기름이 마를 수 있게 식사는 부엌에서 했다. 어린양고기와 식힌 양고기를 아주 편안하게 먹었다. 문에서 암소 마거릿이 들어오려고 기다리고 있었다. 우리는 마거릿에게 문을 열어 주었다. 초원 주위를 산책했고 오솔길로 귀가했다... 시골 풍경이 놀랍도록 아름다웠다.

나는 일부러 **일기**의 날짜들을 하나도 적지 않는다. 엘리너는 공들여 날짜를 적어 놓았다. 어쩌면 덧없는 황금처럼, 만져지지 않는 먼지 같은 시간이 너무 빨리 흘러 잉크를 마르게 할까 봐 두려웠는지도 모른다...

시골에 거주했던 이 귀족의 깃펜에서 자신도 모르게 새어 나온 많은 특징들을 일일이 나열하지 않겠다. 엘리너는 랑골렌 마을 주민들을 친절히 대했지만, 하얀 문을 통해 들어오고 싶어 하는 '이름 없고 예의 없는 이들'에게는 몰인정했다. 그녀는 혈통에 관심이 많았고 **상류층 사람들**이 그녀와 그녀의 그림자 같은 연인을 찾아오는 것을 말년에 자랑스러워했지만, 방문객들이

---

13 18세기 말~19세기 초 영국과 웨일스에서 시골의 빈곤을 구제하기 위해 분배한 보조금

너무 오래 머무르지 않도록 신경을 썼다… 사실 집이 좁았다. 엘리너는 일기에서 날이 갈수록 경이롭게 변했던 방의 가구 배치를 구체적으로 강조하지 않는다. "나는 이 방이 세비네 부인의 방과 비슷하다고 확신한다." 그리고 내 기억이 맞는다면, 엘리너가 일기에서 "침실"과 "우리 침대"를 언급한 적은 단 한 번밖에 없다. 나보다 더 신랄하고 타락한 영국인 독자들은 여기서 하나의 증거를 찾을 자유가 있다. 하지만 무엇의 증거일까? 이토록 동요되지 않는 애정을 시샘한 나머지, 어떤 이들은 서로에게 충실한 두 여인이 순수함을 저버렸을 것이라고 주장했다. 하지만 그들이 말한 순수함은 무슨 뜻일까? 부드러운 껍질 속의 복숭아처럼 싱싱하고 따뜻한 소녀의 뺨을 손으로 어루만지는 행동은 관습에 어긋나지 않지만, 만약 복숭아처럼 봉긋하고 발그레한 유방에 손바닥을 대고 가볍게 누르거나 들어 올린다면 경악스럽게 얼굴을 붉히며 만진 여자를 비난해야 마땅하다고 소리치는 사람들과 나는 싸우고자 한다… 교양 있는 사람들은 순수한 마음이 존재한다는 것을 어찌나 믿기 어려워하는지! 물론 나도 안다. 뺨은 만져도 아무렇지 않지만, 유방을 만지면 흥분한다. 유방에게는 참 딱한 일이다! 철없는 유방이여, 우리가 네 위에서 이기적인 꿈을 꾸고 과육과 여명과 산을 떠올리고 행성들 사이를 배회하도록, 혹은 아무 생각도 않도록 하면 안되는가? 이름 없는 미지근한 대리석을 쓰다듬듯 아무런 의도도 없는 손바닥을 왜 존중해 주지 않지? 우리는 네 의견을 묻지 않지만, 너는 아무런 망설임 없이 손길을 구걸하고 부끄러울 정도로 성욕이 넘친다…

침실… 우리 침대… 내가 보고 싶은 것은 더 어리고 약한 쪽인 세라 폰슨비의 속마음을 밝힌 '**일기**'다. 말을 도맡아 하고 펜을 쥔 엘러너는 우리에게 숨길 것이 하나도 없다. 비밀은 말없이 수를 놓는 세라에게 있다. 세라 폰슨비의 일기가 있다면 진실이 시원하게 밝혀질 텐데! 세라는 전부 털어놓았을 것이다. 여기저기에 후회스러운 일들, 은근한 유혹, 어쩌면 두 여인의 관계를 배신하는 끌림, 성적 쾌락의 방법들에 대해 적었을 것이다… 일상의 모든 결정을 내리고 사랑스러운 그녀에게 충실히 빠져 있던 강인한 엘러너, 당신은 두 명의 여자가 온전히 여성적인 커플이 될 수 없다는 사실을 몰랐을까? 당신이 신중한 감시자, 즉 남성이었다. 두 사람과 진짜 세계 사이에 필요한 거리를 가늠하고, 울퉁불퉁하게 이어지는 시골 경치에 목가적인 지점들을 배치한 사람은 당신이었다. 당신은 도회적 감각으로 좋은 가문 출신의 사람들에게 활짝 열었던 문을 언제 다시 닫아야 하는지 잘 알았다. "사랑스러운 그녀와 나"는 검소한 여행 장비를 마차에 싣고 길을 달려 마을들, 친구들의 거처, 몇몇 장소로 갔다. 같은 날 저녁, 같은 마차를 타고 보름달, 건초 냄새, 올빼미 울음소리와 함께 돌아온다… 그리고 50년 넘게 매일 자정이면 같은 기와지붕 아래 두 사람은 다시 모인다. "(…) **침실**의 **우리 침대** 위에서 우리의 가장 친한 친구들, 하인들이 둔 크리스마스 선물을 발견했다…"

평범한 독자는 이 대목에서 미소를 짓고 약간의 낌새를 알아채기도 한다. 하지만 나는 평범한 독자가 아니다. 보통의 연인으로 희화화되기를 거부하고, 거짓 결합의 단계를 삭제하고 초월해 둘이 함께 자고, 함께 깨어 있고, 함께 악몽을 꾸는 안전지대에 도달한, 두 여인을 감싼 이 시간을 두고 나는 미소 짓지 않는다… 둘 중에서 더 약한 쪽이 연상의 목에 두 팔을 감고 탐스러운 머리카락에 코를 박고, 이를 악물고, 흐느낌과 신음을 참는다. "우린 참 멀리 떨어져 있군요! 이렇게 단둘이서만!" 어떠한 위험에도 흔들리지 않는 연상의 여인은 여자 친구의 어깨에 한쪽 팔을 둘러 보호하며 어둠 속에서 다른 쪽 주먹을 단단하게 쥔다. "누군가가 그녀를 빼앗아 가려고 감히 여기 들어온다면, 나는…" 연상의 여인은 어둠 속에서 빨라지는 자기 심장 소리를 듣는다. 단둘이서 살기로 결심한 두 여자에게 안전이란건 없기 때문이다. 그녀들에게는 모든 것이 허락된다. 단 한 가지 종류의 평온함만 빼고.

바로 그 때문에 나는 호의적이고 이해하는 마음으로 불안이 침투한 '그 침실', 이윽고 잠이 찾아오고 그다음에는 새벽이 다가오는 **침실**, 몽상에 지극히 충실한 어리석고 다정한 두 사람이 누운 **침대**에 관해 생각에 잠기는 것이다.

사랑, 집안일, 정원 돌보기, 밤의 독서, 집에 오는 손님들과 외부로의 방문, 길고 세속적이며 세세한 편지들, 식힌 양고기만큼이나 '설탕과 마데이라 포도주를 넣어 조리한 시계꽃 열매'도 즐기는 영국식 식도락 – 시간이 어찌나 빠르게 흐르는지! 뭐라고, 벌써 20년… 우리가 함께 산 지 벌써 40년이 되었다고? 끔찍한 일이네… 우린 서로에게 하고 싶은 말을 아직 못했는데… 조금만 쉬면 안 될까… 아니면 아예 처음부터 다시 시작할 수 있다면! "아!" 곧 여든 살이 되는 엘리너가 몸을 떨면서 말한다. "내 마음의 환희, 내가 가면 홀로 남게 될 불쌍한 아이… 불과 어제, 그리고 오늘 아침 일기장에 내게

162

걱정스럽게 구토제를 먹이는 그녀의 사려 깊은 태도, 내 삶의 행복을 이루는 그녀의 선량함에 관해 썼는데 – 사랑스러운 아이, 나의 반쪽... 겨우 예순여섯 살이고 세상살이라면 아무것도 모르는 가엾은 아이..."

이즈음에 내가 그토록 좋아하는 볼품없는 초상화가 그려진다. 승마복을 입은 두 늙은 여인의 모습... 그리고 엘러너는 아흔 살의 나이로 세상을 떠난다.

엘러너가 남기고 간 여자 친구는 겨우 2년 만에 검은 인장 세 개의 비밀이 도사리는 좁은 **침실**에 미리 마련된 **침대**에서 그녀와 재회했다. 여기서 나는 말없이 수놓는 여인을 믿어 본다. 햄우드 문서[14]에서 웰링턴 공작[15]이 반쪽을 잃은 여인에게 쓴 편지는 중요하게 여겨지지만, 세라 폰슨비의 외로움과 슬픔을 한탄하는 편지는 단 한 장도 없고, 엘러너의 죽음을 묘사하거나 고인의 인격을 찬양한 글은 어디에도 없다. 그녀는 죽기로 결심했던, 용감하고 혼란스러웠던 스무 살 적에 걸맞게 홀로 궁핍하게 살아간다. 배가 난파해 나뭇조각에 의지한 사람이 손실된 재산을 헤아리지 못하는 것

---

14 엘러너 버틀러와 세라 폰슨비가 남긴 일기, 편지 등 모든 문서 자료를 통틀어 가리키는 이름. 웨일스 국립도서관에 보관돼 있다.

15 Duke of Wellington(1769~1852). 아일랜드 출신의 영국 군인, 정치가. 나폴레옹 전쟁의 마지막 전투인 워털루 전투에서 승리를 거둔 유명한 인물이다.

처럼, 세라 폰손비도 여자 친구를 소리 높여 애도할 생각을 하지 못한다. 그녀의 회상록을 쓴 작가는 짧은 마지막 편지 하나만을 우리에게 보여 준다. 이 편지는 내 마음에 쏙 든다. 그것은 그녀의 열정적인 침묵을 위반하지 않고, 예전에 젊은 아가씨였을 때의 전원적인 몽상 속에 그녀를 숨긴다.

    (...) 한 친구가 제라늄 열여섯 포기를 가져다줬는데 그중 열넷이 완전히 새로운 품종이었습니다. 내가 알기로 나한테 이미 마흔여덟 가지 제라늄이 있는데도요. 새 품종들의 목록을 보내 드리겠습니다. 이것들은 지금은 어리지만 다가오는 봄이면 부모가 될 수도 있어요. 그 계절이 오면, 그 후손들은 당신께 드릴 만한 가치가 있을 거예요. 삼색제비꽃 종자를 보내 주셔서 고맙습니다. 다만 요즘 좋지 않은 날씨 때문에 기르기 어렵지 않을까 두려울 따름입니다. (...)

'C'와 남자들

1831년… 둘 중에서 더 오래 산 여인이 죽은 지 딱 100
년이 지났다. 우리는 아무런 우려 없이 1930년의 랑골렌
의 두 여인을 상상할 수 있을까? 그녀들은 소박한 차를
몰며 짧은 머리에 멜빵바지를 입고 담배를 피우고 작
은 바를 갖춘 집에 살 것이다. 세라 폰슨비는 여전히 침
묵할 줄 알까? 크로스워드 퍼즐의 도움을 받는다면 그
럴 수도. 엘리너 버틀러는 자동차용 잭을 다루면서 욕
설을 내뱉고, 유방 절제 수술을 받을 것이다. 더 이상 마
을 대장장이와 친절하게 인사를 주고받지 않지만, 자
동차 정비공과 친근하게 대화할 것이다. 벌써 20년 전,
마르셀 프루스트는 그녀에게 외설적인 욕망과 습관,
언어를 부여해 그가 그녀에 관해 아는 게 별로 없다는
사실을 보여 주었다.

프루스트가 소돔[1]에 빛을 환히 비춘 이래로 우리는
그가 쓰는 내용에 존경심을 느낀다. 프루스트 이후로,

---

1 소돔과 고모라는 성경에 나오는 도시들이다. 성폭력과 도덕적 퇴폐로 신
의 노여움을 사서 멸망했다고 알려졌다. 소돔에서 신의 노여움을 산 죄가 동
성애라고 성경에 명시되지 않지만, 그런 해석이 주류를 이루어 옛날부터 '소
돔'이란 낱말을 동성애와 연관 짓는 문화적 관습이 있었다. 총 일곱 권인 마르
셀 프루스트Marcel Proust의 《잃어버린 시간을 찾아서》 제4권의 제목이
《소돔과 고모라》이고, 여기서 프루스트는 "여자는 고모라를 가지고 남자는
소돔을 가지리니"라는 알프레드 드 비니의 시구를 인용해 소돔을 남자끼리의
동성애, 고모라를 여자끼리의 동성애를 가리키는 말로 사용한다.

용의주도하게 흔적을 흩뜨리고, 먹물을 내뿜는 오징어처럼 발자국마다 독특한 암운을 퍼뜨리는, 쫓기는 존재들을 우리는 감히 건드릴 수조차 없다.

그런데 – 그는 착각했던 걸까, 무지했던 걸까? – 이해할 수 없고 행실 나쁜 아가씨들의 고모라를 프루스트가 창조했을 때, 나쁜 천사들의 협약, 공동체, 광기를 규탄했을 때, 우리는 소돔을 가로질러 우리를 이끌었던 무서운 진실이 주는 위안을 잃었기에, 기분이 약간 전환되고 관대해지며 조금 무관심해질 뿐이다. 이는 마르셀 프루스트의 상상이거나 오류일 뿐, 고모라는 존재하지 않기 때문이다. 사춘기, 중등학교, 외로움, 감옥, 일탈, 속물근성… 이것들은 빈약한 묘판이어서, 기반이 튼튼한 수많은 악습과 그에 필수 불가결한 연대의 싹을 틔우고 양분을 공급하기에 충분하지 않다. 온전하고 거대하고 영원한 소돔이 높은 곳에서 초라한 모조품을 굽어본다.

온전하고 거대하고 영원한… 이 거창한 형용사들은 경의를, 적어도 소돔의 위력에 바쳐야 마땅한 경의를 암시한다. 나는 그것을 부정하지 않는다. 여자는 당연히 남자끼리의 동성애에 관해 모르지만, 그것과 마주쳤을 때 본능적인 태도를 취한다. 적 앞에서 장미풍뎅

이는 쓰러져 죽은 척하고, 대게는 집게발을 오므리고, 회색도마뱀은 회색 벽에 납작하게 달라붙는다. 우리가 알지 못하는 것까지 우리에게 요구해서는 안 된다…

　다른 남자 때문에 남자에게 배신당한 여자는 모든 걸 잃었다는 것을 안다. 평소 같으면 그녀가 휘두르는 힘의 대부분을 차지하는 비명과 눈물과 협박하고픈 마음을 억누르고, 싸우지 않고, 사람을 피해 집에 틀어박히거나 말이 없어지고, 화도 거의 내지 않고, 실현 불가능한 동맹의 수단을 종종 찾아본다. 적과의 동맹, 그녀가 만들어 내지 않았고 지지하지 않았던, 그녀 자신보다 오래된 죄악과의 동맹. 그녀는 여자 애인을 사귄 아내나 정부에게 "널 다시 잡고 말 거야…"라고 야유하는 방탕한 남자와는 거리가 멀다. 환상에서 벗어난 그녀는 증오하면서 포기하고, "**그**가 정말 내 운명의 남자였나?" 하는 깊은 불안과 의심을 면밀하게 숨긴다. 그녀는 사람들이 생각하는 것보다 겸손하기 때문이다. 그런데 그녀는 미묘한 차이를 알아채는 데 한계가 있고 정신적 성향에 대해 엄격하기 때문에, 그것을 육체적 성향과 분리하지 못하고 '동성애자'와 '여성스러운 남자'를 끈질기게 혼동한다.

젊은 시절 나는 윌리[2]의 대필 작가 겸 조수 한 명 덕분에 한동안 다양한 동성애자와 어울렸다. 불행을 감추고 귀양살이하듯 살았던 그 시절을 회상한다. 여전히 시골 사람 같았고 ─ 그렇지 않았나, 친애하는 자크에밀 블랑슈? ─ 악수하거나 손에 입 맞추는 것마저 피할 정도로 신체적으로 비사교적이었던 나는 강제로 외출하는 것만큼이나 모두에게 잊힌 채 음울한 집에 홀로 머무르는 일이 침울하게 느껴졌다. 나는 나처럼 '대필' 작가였던 그 조수의 동료애를 무척 기쁘게 받아들였다. 그 청년은 좋은 가문 출신으로 쾌활하고 짓궂었으며 자신의 동성애 성향을 분명히 했다. 그와 나는 같은 문학 '아틀리에'에서 일했다(일했다는 표현을 피에르 베베르, 뷔예모즈, 퀴르농스키 등이 들으면 지금도 웃을 것이다).

그는 나를 신뢰했고 친구들을 소개해 줬다. 그들과 함께 있으면 내 진짜 나이에 걸맞게 어려졌다. 나는 무해한 젊은 남자들 틈에서 안심하고 웃었다. 옷을 잘 입

---

2 콜레트의 첫 번째 남편 앙리 고티에-빌라르의 필명. 작가이자 출판업자였던 윌리는 대필 작가들의 작품에 사신의 이름을 붙여 수십 권의 소설을 발표했다. 열네 살 연상의 바람둥이 남편은 콜레트의 글재주를 알아보고 소설을 쓰게 했다. 때로는 방에 가두고 글을 쓰라고 할 정도로 강제적이었다. 콜레트가 처음으로 쓴 네 편의 장편 소설은 윌리의 이름으로 출간됐다. 불행하고 귀양살이 같은 결혼 생활이었다.

는 남자가 어떻게 옷을 입는지 배웠다. 그들 대다수가
우아함에 대한 기준이 철저한 영국인이었고, 터키옥으
로 엮은 긴 목걸이를 몰래 걸고 다니는 청년조차도 넥
타이나 독특한 손수건 따위를 자신에게 허락하지 않았
을 것이다.

　남편과 내가 사는 집에 인접한, 방 하나가 딸린 작
업실에는 그네와 봉, 체조용 링이 있었다. 나는 허영심
으로 그곳을 나의 독신자 아지트라 불렀다. 거기서 사
람들은 기숙 학교에서처럼 과장되고 유치하게 웃어 댔
다. 신사들 사이에 어찌나 이상한 대화가 오가던지!

　"이봐 친구, 자네의 작은 종이 상자는 어떻게 됐지?"

　질문을 받은 사람이 눈을 치켜떴는데 아이펜슬로
눈썹을 진하게 그린 티가 났다.

　"작은 종이 상자? 종이 상자라니? 뭘 말하는 건가?"

　"모자와 향수 가게에서 쓰는 종이 상자 만드는 청년
말이야."

　"맞아, 종이 상자! 내가 기억력이 안 좋네. 이젠 그를
파리의 소방관이라 부르면 된다네."

　"소방관이라고? 끔찍한 일이로군!"

　마치 모욕당했을 때 명함을 내밀듯이, 대지를 붙이
지 않은 사진 한 장이 상대의 코앞으로 튀어 나갔다.

"'끔찍한 일'이라, 정말로? 이봐, 자네 생각을 바꿔 주지... 파리시의 문장(紋章)이 박힌 허리띠를 잘 보라고..."

국제적으로 유명하고 솜씨 좋게 젊음을 유지했던 옛 친구 C는 - 이후 나이가 들어 세상을 떠난 그를, 그의 우정을, 젊은 마음을, 영혼을, 매력적인 예절을 나는 여전히 그리워한다 - 힘들이지 않고 계단 세 층을 걸어 올라 아지트로 오곤 했다. 그가 말하길 앙리 4세처럼 다듬고 염색한 수염이 '늙은 암소처럼 늘어진 목'을 가려 줬다. 생존을 위해 끊임없이 노력하느라 관자놀이를 적신 땀을 그는 가볍게 닦았다. 굵은 핏줄들이 포도덩굴처럼 뻗은 그의 야윈 손, 회색 재킷, 푸른빛을 띤 회색 실크 손수건, 이미 옅어지고 있던 회색빛을 띤 푸른 눈동자, 탄력 잃은 입술에 걸린 성실한 미소가 눈앞에 어른거린다... 아무것도 부끄러울 일이 없었던 그 노인은 누구의 기분도 거스르지 않는 데 성공했다.

"휴!" 그는 앉으면서 한숨을 쉬었다. "내 아름다운 60년이 어디로 가 버렸지?"

장 로랭은 C 이야기를 《파리의 먼지[3]》에 썼다. 내 기억이 틀리지 않았다면 로랭은 그가 '지난 100년간 가장

---

3 프랑스 시인 장 로랭의 산문집이다.

잘생긴 어깨'를 가졌다고 썼다.

"어디서 오시는 길이길래 그렇게 숨이 가쁘십니까?" 한 청년이 모욕적으로 물었다.

"어머니 댁에서 왔습니다." C는 거짓말하지 않아도 된다는 점에 만족해하며 대답했다. 효심이 깊은 그는 실제로 100살에 가까운 어머니와 함께 살고 있었기 때문이다. 그는 청년을 아래위로 훑어보고 따끔하게 덧붙였다. "어머니 외에는 함께 사는 사람이 없습니다. 있다고 누가 말하던가요?"

청년이 반격하거나 변명할 시간을 찾는 동안, C는 짧게 웃음을 터뜨리고는 나를 향해 몸을 돌려 말했다.

"젊은 친구가 떠난 뒤로는 없죠. 그는 여행 중입니다."

"아, 그런가요? 어디로 여행 갔나요?"

"누가 알겠습니까? 골칫거리가 생겨 떠나기로 했답니다."

그는 깊은 한숨을 내쉬었다. 연한 홍차 한 잔을 마셨고, 파란 손수건으로 입과 관자놀이를 닦았다...

"사랑스럽지만 주의가 산만한 청년이지요." C가 말을 이었다. "어느 부인이 핫초콜릿을 마시러 오라고 - 그는 아주 잘생겼어요 - 그를 집으로 초대합니다... 그는 갔어요. 한순간 마음이 약해진 거죠! 부인과 대화하는 중에 그는 실수로 부인의 초콜릿 잔에 뭔가를 떨어 뜨립니다... 아무튼 부인은 이틀이 지나서야 깨어났는데 - 고약한 우연의 일치 같으니! - 집에서 가구가 모조리 사라진 겁니다! 그 가엾은 부인은 꿈을 꾸는 줄 알았답니다. 그녀는 정신을 차리자마자 주의 산만한 청년을 고소했습니다. 복잡한 상황에 얽히기 싫었던 그는 떠났어요... 신이여, 그가 우리에게 돌아오기를!"

나의 동료 대필 작가는 작고 민첩한 검은 눈으로 내게 윙크하면서 천진한 어조로 C에게 물었다.

"말씀해 주세요. 그 주의 산만한 청년이 목욕장 직원의 목을 졸랐다는 그 사람 아닌가요?"

아마도 관절이 경직된 탓에 자랑스러운 듯이 몸을 죽 펴면서 노인은 가늘고 주름진 손을 흔들며 자신을 방어했다.

"그건 소문이요, 친구여. 소문이라고! 난 현명한 사람이라 과거를 시샘하는 법이 없답니다!"

아지트를 방문한 사람들은 신랄함, 연극적인 냉소, 가식과 치기가 어린 어조로 말했다. 때로는 남성적인 혹은 병적인 격렬함으로 외마디 소리를, 금세 꺼질 불꽃을 내뱉었다. 선과 악이 두 개의 음료처럼 뒤섞이던

먼 옛날에서 온 듯한 어느 10대 소년은 엘리제팔라스 호텔에서 보낸 마지막 밤에 있었던 일을 들려줬다.

"그는 내게 무섭게 굴었어요. 그 거구의 남자가, 그 호텔 방에서… 난 작은 주머니칼을 펴고 한쪽 팔로 두 눈을 가리고 다른 쪽 팔로 거구 남자의 배를 이렇게… 그리고 급히 떠나 버렸죠!"

그의 준수한 외모와 악의, 이제 막 시작될 광기가 반짝였다. 듣고 있던 사람들은 눈치가 빨랐으며 신중했다. 누구도 탄성을 내지르지 않았다. 다만 나의 오랜 친구 C만이 잠시 후에 초연한 어조로 "대단한 아이로군!"이라 말하고는 화제를 전환했다.

권위도 악의도 없는 C는 아주 일반적인 의미에서만 샤를뤼스 남작[4]을 닮았다. C는 늦지만 강렬하게 등장하는 인물 샤를뤼스를 본보기로 삼은 듯하다. 샤를뤼스가 창조되기 전에 태어난 사람들조차 그의 열등한 후예를 자처했다. 샤를뤼스가 그랬듯이 C 역시 용기를 내서 – 통상적인 의미의 용기, 군대에서의 용기 – 매우 위험한 상황에 다가가거나 때로 찾아다녔다. 다만 마조히즘 성향의 탈선을 일삼았던 샤를뤼스와 전혀 다르게, C는 자신이 좋아하는 것 중에서 가장 좋고 쉽게 얻

---

4 프루스트의 《잃어버린 시간을 찾아서》의 주요 등장인물로 동성애자다.

을 수 있는 것을 원했을 뿐이다. "말하자면 나는 프랑스의 여성용 모자 제조인인 거죠"라고 그는 말했다... 그는 험담하기 좋아하고 재물을 탐내며 배려 없고 허물없는 행동과 빈정거림으로 연장자의 기분을 해치는, 여러 나라를 떠도는 젊은이들을 그리 높이 사지 않았다.

나는 그들을 자주 만나면서 질문도 거의 하지 않고 야유에 전혀 동참하지 않는 방식으로 그들을 안심시켰다. 그들이 별로 남자답지 않다고 내가 말하는 일은 없을 것이다. 남자의 형상을 한 존재는 위험한 방식으로 살아가고 틀림없이 이례적인 죽음을 맞는다는 바로 그 사실 때문에 남성적이다. 나의 이상한 친구들은 내 앞에서 어떤 대화도 삼가지 않았다. 난폭한 죽음, 불가피한 협박, 금품 탈취, 수치스러운 소송... 넥타이, 끝단을 접은 바지, 음악, 문학, 지참금, 결혼 등. 왜 사람들이 그들과 같은 부류를 '지각없다'고 여기는지 나는 묻고 싶다.

그들은 자신들이 좋아하는 것과 좋아하지 않는 것을 정확히 알고 있다. 그들이 영위하는 삶의 위험성과 그들 특유의 배타성이 갖는 한계를 알고, 신중함을 중요한 원칙으로 삼지만 곧잘 그것을 잊어버리는 융통성도 지니고 있었다.

그들은 날카롭고 속내를 드러내는 무절제한 명랑함의 분출과 체육 경기 속에 내가 함께 있는 것을 허락했다. 내가 거슬리지 않는 가구 같은 역할에 충실했고 전문가처럼 그들의 말을 경청했기에, 그들은 나의 침묵을 고맙게 여겼다. 그들은 진정한 애정에 접근하는 길을 열어주는 일 없이 나에게 익숙해졌다. 아무도 나를 배제하지 않았고, 아무도 나를 사랑하지 않았다. 나는 그들의 차가운 우정과 가차 없는 비평 감각에 큰 빚을 졌다. 그들은 남자가 애정 측면에서 남자에게 만족할 수 있다는 사실뿐 아니라 다른 성을 잊음으로써 배제할 수 있다는 사실을 내게 가르쳐 줬다. 이는 남자에게 관심이 쏠려 있으면서도 공격적으로 그리고 위선적으로 그들을 헐뜯는 남장 여자들에게는 전혀 배우지 못한 사실이었다… 나의 이상한 친구들은 여자에 관해서라면 항상 멀리서 내려다보듯이 이야기했다. "3막에서 바디가 입은 흰옷의 하얀 진주 장식이 예쁘네요." "아! 랑텔므[5]의 저 커다란 모자, 지긋지긋하군요! 어디좀 나눠줘 버리지!"

열외이면서 반투명한 목격자였던 나는 이들과 같은 부류에 속해 있다는 어떤 허영심과 함께 뭐라 정의

---

5 준비에브 랑텔므Geneviève Lantelme(1883~1911). 프랑스 배우

할 수 없는 평화를 맛보았다.

　나는 그들의 입에서 나온 정열과 배신, 질투, 그리고 때로 절망의 언어를 들었다. 전부 내가 다른 데서 이미 들었고 사실은 유창하게 말할 수 있었던, 더없이 친숙한 언어였다. 그러나 이 방황하는 청년들은 낱말과 감정에서 살의를 제거하고 무기를 내 쪽이 아닌 다른 방향으로 돌려 휘둘렀다. 그때 나는 아직 힘도 없었고 자신을 안전한 장소에 두려는 의도도 없었기 때문이다. '그리스 소년'은 나를 전혀, 심지어 나의 키스조차 두려워하지 않았다. '나무나[6]'와 '윈스모어'는 모성적인 언어로 속삭였다. 에두아르 드 막스가 음악을 연주하는 님프들을 거느린 신처럼 청소년들에게 둘러싸여 우리를 찾아오곤 했다. 드 막스는 눈으로 그들을 칭찬하고, 말로 그들을 꾸짖었다. 그들에게 드 막스는 그저 유난히 차가운 보호자다운 무심함, 고귀함, 침울함으로 이루어진 존재였다. 어느 날, 신입 외교관이 공교롭게도 남자 친구 부불을 데려올 생각을 했다. 부불은 하늘색 바탕의 검은 샹티 레이스 드레스를 입었고, 레이스 모자 아래 뾰로통한 표정에, 아직 결혼하지 않은 촌뜨기 여자

6　프랑스 작곡가 에두아르 랄로Édouard Lalo(1823~1892)의 발레곡 〈나무나Namouna〉의 주요 인물인 여자 노예의 이름. 1882년 파리 오페라 극장에서 초연했다.

처럼 몸가짐이 어색했고 뺨은 자두 같았다(푸줏간에서 일하는 열일곱 살 소년의 싱싱함은 놀랍지 않다). 우리는 부불을 보고 너무 놀라 얼어붙었다. 부불은 자신에게 승산이 전혀 없음을 깨닫고 치마 아랫단을 날리며 거대한 발을 옮겨 걸어 나갔다. 그는 멀리 가지 못했다. 며칠 후 자살했던 것이다. 우유부단하고 억울했던 몸집 큰 소년의 이유를 알 수 없는 무분별한 행동이었다.

그는 권총 탄환으로 뾰로통한 예쁜 입을, 곱슬머리 아래의 낮은 이마를, 근심이 가득하고 소심해 보이는 작고 푸른 눈을 부숴 버렸다... 아지트의 내 친구들은 그를 추도하는 말을 스무 마디도 채 하지 않았다. 한편 런던에서 화가 Z가 살해당했을 때는 흥분해서 끝도 없이 그 이야기에 열중했다... 내 앞에서 그들은 그 살인 사건을 흥미진진한 문제로 평가했고, 찔린 목에 칼끝으로 새긴 암호나 신발 뒤축으로 허벅지에 낸 상처를 유창하게 읽는 사람들처럼 순진하면서도 전문적으로 사건을 연구했다...

친구들 중 한 명이 런던에서 온 긴 편지를 가져와 읽었다. 다들 피를 맛보는 어린 맹수처럼 심취해 세심하게 귀 기울이고 거듭 편지를 읽고 그 내용을 들이마셨다. 피리 소리 같은 외침, 영어로 된 험한 욕설, 막연한 예측들이 들려왔다.

"나중에 밝혀지겠지만 이번에도 OOO 부대 소속의 그 빌어먹을 3실링짜리 창녀들일 겁니다."

"그자들? 너무 과대평가하는 거 아닌가요!"

"확실합니다. '남자다운 행동'을 증명할 만한 일이라면 뭐든지 할 놈들입니다."

같은 불꽃에 사로잡힌 남자들이 마치 대재난의 생존자처럼 모여드는 이 연안을 내가 때로는 오아시스라고, 때로는 섬이라고 남몰래 부르는 걸 알면 사람들은 놀랄 것이다. 다양한 낙인이 찍히고 다양하게 성장한 그들은 다들 멀리서 왔고 세계가 시작됐을 때 나타났다. 그들은 마치 영원할 것 같은 왕국처럼 죽지 않고 모든 시대와 모든 치세를 지나왔다. 서로에게 몰두해 눈이 먼 그들은 한쪽으로 치우친 소설 같은 기록만을 우리에게 물려줬다. 과연 어느 여자의 시선이 내 시선만큼 오래 그들에게 머물렀던 적이 있을까? 여자는 보통 – 보통 여자는, 이라고 적으면 어떨까 – 동성애자인 남자를 유혹하고 싶어 한다. 그녀는 당연히 실패한다. 그러면 그녀는 그를 '경멸한다'고 말한다. 아니면 – 이런 일은 드물지 않다 – 그로부터 육체적 승리를 쟁취한다. 그녀는 이를 자랑스러워하고 일종의 특권으로 여기는

데, 사실 그것은 훌륭하기는 하지만 아무 쓸모가 없고 그녀를 착각에 빠뜨린다. 내가 감히 이렇게 말해도 된다면, 그녀가 겉으로 드러난 신호를 지나치게 중요시하기 때문에 그렇다. 분명 나중에 환상이 깨지고, 그녀는 곧장 자신에게 진 빚을 갚으라고 소리칠 것이다… 여기서부터 깊은 앙심이 생겨난다. 보통 남자라면 그녀는 그로부터 뭔가 얻어 내는 것을 쉽게 포기할 텐데(포기한다는 사실이 비밀로 유지되는 한), 우연히 실수로 잡힌 사냥감에게는 계속 요구한다. 같은 우연, 같은 실수를 만들어 낼 능력이 없는 그녀는 유례없는 절망적 사랑에 열중하고 매달린다. 내가 소설《족쇄[7]》에서 '메'라는 이름을 붙이고 아무도 알아볼 수 없게 각색한 젊은 여자가 그랬었다.

그녀가 어찌나 질투심에 겨워 남의 뒤를 캐고 다니는 사람처럼 애인을 감시하며 애인 주위를 맴도는지, 나는 그녀를 나무랐다.

"메, 그러다 장이 미쳐 버리겠어요. 장은 인내심이 참 강하군요!"

"그럼 저는요?" 메가 소리쳤다. "저는 인내심이 강하지 않나요, 거의 1년 전부터 그랬는데도요? 장 같은 남

---

7   《족쇄L'Entrave》(1913)는 콜레트가 쓴 장편 소설이다.

자가 정상이라고 생각해요? 취하도록 마시지도 않고 소란도 안 피우고 우편함엔 청구서랑 엽서밖에 안 오고 재미나게 놀지도 않고 우울해하지도 않은 남자가?"

그녀는 화가 치밀어 작은 주먹을 쥐고 허공에서 휘두르며 자신의 애인이자 적 – 냉정하고 체격이 건장하며 말할 때는 조금 시시하고 말없이 가만히 있을 때는 나무랄 데 없는 남자 – 을 위협했다. 그러고는 내게 무서운 눈길을 보내 나를 쫓아 버리고, 투덜대고 불평하는 임무를 계속 수행했다. 그녀의 짧은 코, 옆으로 벌어지고 튀어나온 반짝거리는 눈을 보면 아주 귀여운 금발의 불독을 닮았다. 애인 장이 지루해하는 기색이 역력했지만, 그녀는 운동 시설이 있는 아지트로 자꾸만 장을 끌고 왔다.

"당신이 데려온 저 사람들의 어떤 점이 흥미로운가요?" 나의 대필 작가 친구에게 물었다.

그의 새처럼 검고 민첩한 두 눈이 '저 사람들'에게 갔다가 내게 돌아왔고, 이런 모호한 대답을 했다.

"남자가 재미있어요."

"재미있다고요!" 나는 항의했다. "저 코 없는 광대 같은 여자 쪽이면 몰라도... 저 남자가!"

"제가 잘못 봤을지도요." 대필 작가는 즉시 공손하

면서도 거북한 뉘앙스로 말했다.

그날 나는 메의 애인을 염탐하는 사람이 메와 대필 작가, 두 명이란 걸 알아차렸다.

수다스럽고 성가시지만, 악의 없고 귀여운 메는 영국인 중에서 가장 어린, 별명이 '원스모어'인 10대 소년과 잡담하기를 유독 좋아했다. 순박한 두 사람은 마치 열두 살짜리 아이들처럼 체조용 링에 매달려 서커스 프로그램을 즉석에서 선보였다. 장은 잔잔한 수면처럼 인내하면서 속내를 내비치지 않았고, 그들을 보며 억지로 웃었다.

어느 저녁, 메와 그녀의 체조 파트너가 은밀하게 속닥거리다 사라지더니 메가 남장을 하고 돌아왔다. 원스모어의 네이비블루 양복을 입고 목에 스카프를 두르고 캡을 한쪽 눈에 닿을 정도로 기울여 쓴 그녀는 아양을 떨어 댔다.

"어때, 장!"

"매혹적입니다! 가비 델리스[8]가 아파치족으로 분장했군요!" 대필 작가가 외쳤다.

"설마요!" 기분이 상한 메가 말했다. "원스모어랑 똑같잖아요! 안 그래, 장? 이거 보라고 막 자랑하고 싶지?

8 Gaby Deslys(1881~1920). 프랑스 여배우, 가수

고양이처럼 껴안고 어르고 싶은 재간둥이 같지 않아?"

메는 요염한 엉덩이를 흔들며 애인에게 다가가 몸을 비비고, 애완동물처럼 그에게 기대 몸을 세웠다. 나는 장이 그녀를 향해 고개를 숙이는 것만 봤는데, 별안간 장의 입이 부풀어 오른 것처럼 보였다. 메는 붙잡힌 토끼처럼 이상한 비명을 작게 지르고 뒤로 물러서 내쪽으로 왔다. 장이 변명하듯 다급하게 내게 되풀이해 말했다.

"난 아무것도 안 했습니다.. 아무것도 안 했습니다.."

하지만 그는 표정을 통제하지 못했다. 입은 정말로 부풀어 올랐고, 생기가 빠져나가 원래 지녔던 아름다움과 의미를 잃은 두 눈은 여전히 메에 대한 증오를, 어둠 속에서 은밀히 동경했던 우상을 희화화하지 말라는 분노를 드러내고 있었다..

그는 평정심을 되찾았고 언뜻 보였던 표정은 재빨리 겹쳐진 가면 아래로 사라졌다. 용감한 메는 상처 입은 사냥감이 내는 듯한 이상하고 우스꽝스러운 울음소리("이!")가 다르게 해석될 수 있도록 다채롭게 변주하며 일부러 소리를 다시 내기 시작했다. 그녀는 방을 나가 드레스로 갈아입고 청란[9] 깃털이 달린 타바랭[10] 모자를 쓰고 돌아왔다. 장이 그녀와 함께 가려고 일어섰지만, 그녀가 말했다. "아니, 먼저 가. 마차는 내가 쓸게. 털외투를 찾으러 리볼리가에 들를 거야. 지금쯤 완성됐을 테니." 장은 졸린 사람처럼 멍하니 고분고분하게 나갔고, 그 뒤에서 메는 분노에 찬 명민한 눈짓을 내게 보냈다. 하지만 나는 이 젊은 여성에게 남자를 갈망하고, 남자를 위해서만 존재하며, 그에게 매료된 여자에게는 만치닐[11] 열매처럼 해로운 부류의 남자가 있다는 사실을 인정하게 만들 생각이 전혀 없었다.

결핍에서 비롯된 일종의 절망으로 말미암아 여자들은 전쟁 후에 중성적인 소년을 모방하기 시작했다. 그녀들은 전쟁이 끝나면 평화와 함께 남자들의 사랑의 광기가 여자에게로 돌아오리라 기대했지만, 자신들의 절정에 광채가 부족하다는 것을 확인해야만 했다... 바로 그때부터 그녀들은 자신들을 비탄에 잠기게 한 남자의 외모를 미친 듯이 따라 했다. 머리카락을 짧게 깎고, 셔츠 가게에서 돈을 펑펑 써 대고, 술을 진탕 마시고

---

9   공작과 비슷한 새
10   Tabarin(c.1584~1633). 프랑스의 유명한 광대
11   아메리카 열대 지방의 강한 독을 품은 나무

담배를 줄줄이 피웠다. 그러나 그녀들은 사심을 충분히 버리지 못했기에 원했던 것을 거의 되찾지 못했다.

본의 아니게 그녀들은 여성스러우면서도 냉혹하고, 연한 갈색 분을 바르며, 악착스럽게 이익을 추구하는 청년 유형이 형성되는 데 이바지했다. 이 유형은 내 기억 속 1898년이나 1900년의 동성애자 남자들과 다르다. 그들은 자잘한 스캔들을 일으켰고, 월장석과 녹옥수 정도까지만 사치를 부렸으며, 확실히 우스꽝스러웠다. 하지만 그 시절 그들의 패션은 그들의 본모습을 완전히 가리지 못했으므로 나는 그들의 원시적인 싱싱함, 호리호리해서 연약해 보이는 사람들에게 할당된 힘, 사랑의 중요성과 야만성을 알아볼 수 있었다. 이렇게 쓰고 나니, 아지트 친구들과 전혀 어울려 놀지 않았던 한 쌍의 커플이 떠오른다... 하지만 커플 중에서 연상인 남자가 학식 있는 시인, 작가이며 머리부터 발끝까지 잘생겼다고만 써도 사람들이 누군지 알아차릴까 봐 두렵다... 그와 함께였던 소년은 밀 이삭의 황금빛과 만개한 사과나무의 하얗고 불그레한 색을 띠었고, 농민 출신으로 딱 그만큼의 품위가 있었다. 소년은 말수가 적었고 멘토이자 친구인 남자의 말을 경청했다. 두 사람은 파리를 벗어난 외진 곳에서 함께 살았다. 그들이 느닷없이 찾아왔던 어느 날, 조금 소란스러웠던 아지트 무리에게 둘이서 던졌던 적대적인 눈길이 지금도 생각난다…

"쉿…" 둘 중 연상인 쪽이 작은 목소리로 내게 소곤거렸다. "이… 이 친절한 분들을 방해하진 마세요. 지나가던 길에 들렀을 뿐입니다. 오늘 저녁에 떠납니다."

"어디로 가세요?"

"이 친구의 본가가 있는 투렌[12]으로, 건초를 베러요. 친구가 가서 도와줘야 합니다."

"당신은요?"

그는 위대한 여행자의 옹골찬 손을, 어린나무처럼 단단한 손목을 보란 듯이 내 눈앞에 내밀었다. 그리고 덧붙였다.

"우리는 걸어서 갈 겁니다. 처음이 아니에요. 그편이 훨씬 쾌적하답니다…"

조급한 기색을 내비치던 '소년'의 빛나는 푸른 눈은 떠나자는 신호를 진작부터 기다리고 있었다. 유월의 밤하늘 아래에서의 오랜 보행, 나그네들의 숙소와 식사, 마을을 통과하면서 산 갓 구운 빵… 연상의 남자보다 키가 작은 소년은 동경하는 남자 친구를 따라서 머리

---

12 파리에서 남서쪽으로 약 200km 떨어진 지방

를 높고 무심하게 들고 다녔다. 이러한 애정에 시간은 무슨 짓을 하는 걸까?

연상의 남자는 전쟁에서 전사했는데, 순순히 잊히고 말 인물은 아니었다. 나는 그의 편지들을 누구에게도 물려주지 않을 것이다. 연하의 남자는 베어 놓은 풀을 쇠스랑으로 헤칠 때, 예전에 충만했던 가슴이 여전히 조여 오는 것을 느낄지도 모른다... 우정, 남자들의 우정, 헤아릴 수 없는 감정이여! 대체 왜 사랑의 쾌락은 너에게 금지된 절정의 흐느낌이어야 하는 걸까?

여기서 나는 사람들이 이상하게 여기고 비난할 법한 호의를 드러내 보인다. 방금 간략히 묘사한 남자들 사이의 사랑은 나에게 결합의 상징, 심지어 존엄의 상징으로 여겨진 게 사실이다. 반드시 필요한 어떤 엄격함이 그들을 감싸고 있었다. 그 엄격함은 다른 어떤 것과도 비교할 수 없었다. 그것은 남에게 과시하기 위한 엄격함이 아니었고 그렇다고 극도로 조심하는 엄격함도 아니었으며, 쫓기는 수많은 이들을 구속하기보다 오히려 활력을 주는 병적인 두려움에서 싹튼 것도 아니었기 때문이다. 나는 남자끼리의 동성애가 어떤 면에서 정당하다고 여기고, 그 영구한 속성을 인정한다. 남자가 여자의 몸에서 깊은 함정, 잔잔한 심연, 살아 있는 바다 식물 같은 꽃잎의 유혹보다, 여자가 가진 상대적으로 남성적인 부분(유방도 포함해서)의 어쩌다 표출되는 오만함에 더 끌린다는 점에 대해 예전에 나는 장난스럽게 화를 내곤 했다. 남자는 불안감을 주고 영원히 익숙해지지 않으며 자신의 몸과 정반대인 오목한 여자의 몸 – 그것의 지울 수 없는 냄새는 지상의 것이 아니라 최초의 거머리말[13], 날것의 조개에서 얻어 온 것이다 – 에서 자신을 안심시킬 수 있는 것, 자신이 알아볼 수 있는 것을 향해 간다.. 나에게는 속박과 강요된 거짓에 불과했던 시절에 나를 도와줬던 이들은 한 성의 다른 성을 향한 반감은 신경증의 영역 바깥에 있다고 설명해 줬다. 이후에 다른 부류의 사람들과 어울리면서 '정상인'의 견해도 크게 다르지 않음을 확인했다. 과거에 나는 나의 '괴물들' 사이에서 홀로 여자로 있으면서 여자를 배제하는 분위기를 좋아했고 그것을 '순수'하다고 불렀다. 그런가 하면 나는 사막의 순수함, 감옥의 순수함 또한 좋아했을 것이다. 감옥과 사막은 누구나 쉽게 갈 수 있는 곳이 아니다..

애정 어린 마음으로 이제 나의 괴물들 이야기로 돌아가겠다. 내게 결코 쉽지 않았던 삶의 여정에 오랫동

---

13 얕은 바닷물에서 자라는 해초

안 동참해 준 나의 괴물들... '괴물들'이라... 이미 말해 버렸다. 그러니 괴물들이라 부르기로 하자. 내 문제에 골몰한 나의 주의를 다른 데로 돌려주고, 내가 마음속으로 도와달라고 애원했던 이들. 나는 그들을 '괴물들'이라 부르며 이렇게 말할 수 있을까? "괴물들이여, 날 혼자 두지 말아요... 당신들에게 다만 혼자 있는 두려움만을 고백하겠어요. 당신들은 내가 아는 한 세상에서 가장 인간적이고 가장 든든한 분들입니다... 내가 당신들을 '괴물들'이라 부른다면, 내게 부여된 이 이른바 정상적인 상황은 뭐라고 부를까요? 보세요, 벽에 비친, 두려움에 떠는 어깨의 그림자를, 넓은 등의 표정과 피가 몰린 목덜미를... 괴물들이여, 날 혼자 두지 말아요..."

그들과 나는 성미가 고약한 남자, 악독한 여자라는 같은 위험에 직면해 있었다. 우리는 공포에 떤다는 게 어떤 것인지 알았다. 때로는 그들이 나보다 더 운이 없다고 생각했다. 그들의 신경이 약해졌을 때 예기치 못한 공포가 변덕스럽게 그들을 사로잡았기 때문이다. 반면에 나는 내가 벌벌 떨고 용기를 잃는 이유를 항상 알고 있었다. 하지만 그들을 부러워할 이유도 있었다. 그들 중 많은 사람이 감각의 고양과 공포를 혼동했던 것이다. 나는 좁은 골방에 갇혀 공포에 질린 그들의 망상을 질투했다. 그중에서 내가 좋아했던 한 사람은 개인적인 어리석은 취향을 엄하고 소심하게 단속했고, 자신이 익히 아는 파리의 한 동네로 그것을 가져가 숨통을 틔웠다. 저녁이면 자신이 가둬 둔 노래하는 새를 데리고 꽃 핀 정원과 갈대 사이로 지는 노을빛을 보여 주러 가는 중국인처럼.

페페는―죽음이 그를 안전한 곳으로 데려갔다―유서 깊은 스페인 귀족 출신으로 몸집이 작고 조금 점잔 빼는 성격에, 소심해서 순결했으며, 푸근한 추남이었다. 그는 푸른색, 금색, 연한 금색, 그리고 육체노동을 하느라 청멜빵바지를 입은 금발 청년들의 남성미를 대책 없이 사랑했다. 저녁 여섯 시쯤 페페는 지하철 입구의 기둥에 기대어 온갖 색조의 푸른색과 금발 청년들의 건장한 목덜미가 어둠 속에서 위로 올라오는 광경을 마법에 걸린 듯 바라보았다. 그는 라페가(街)의 공장에 다니는 젊은 여자들이 주는 것보다 더 순수한 쾌락을 맛봤다. 그들에게 말을 걸지도 않고, 아예 움직이지도 않았으니까. 그는 내게 우정을 베풀었고, z발음만 빼면 정확한 프랑스어로 속내를 털어놓았다. 누구도 푸른색에 대해, 톱밥처럼 불그레한 귀를 감싼 황금빛 곱슬머리에 대해, 매력적인 금발의 젊은 노동자 계층에 대해 페페처럼 말해 준 이가 없었다.

"페페, 방금 제게 말씀하신 걸 글로 적으세요!"

겸손한 페페는 감상에 빠져 있다가 화들짝 놀라 눈을 내리깔았다.

"그러면 별로 재미없을 거야."

덥고 건조한 저녁이면 페페는 탐색하고 도망치며 한량없이 걸어 다녔다. 여름의 쓸쓸한 파리는 페페에게 열대 지방에 가까운, 쾌락의 지옥이 되었다. 그는 초라한 거리들을 묘사했는데, 석양이 진 하늘 아래 금빛과 은빛의 기둥 같은 존재, 빛을 발산하는 푸른 존재, 붉은 기가 도는 금발의 견습 배관공이나 구리 스팽글 장식이 달린 옷을 입은 금속 선반공을 등장시켰기 때문에 나는 그 거리들을 알아볼 수 없었다. 우리가 무한한 바다와 파도의 물결 하나하나를 사랑하듯이 그는 오랫동안 푸른 옷의 금발 청년들을 사랑했다. 그러던 어느 날, 여섯 시의 물결이 금속과 전기 공장에서 물망초, 수레국화, 바꽃, 용담, 히아신스 등을 파리의 거리로 흘려보냈을 때 페페는 이름 모를 푸른 옷의 남자와 마주쳤다. 눈부신 황금빛 머리카락 하나가 기다란 깃발처럼 그 남자의 얼굴 위를 가로질렀다…

"아!" 페페가 중얼거렸다. "베르생제토릭스[14]!"

그는 양손으로 결국 찢어진 가슴을 누르고 입을 다물었다. 남자는 모두가 보고 듣는 앞에서 "아델!"이나 "로즈!"라고 탄식하고 여자의 초상화에 입 맞출 권리가 있지만, 다프니스나 에르네스트의 이름은 소리 낼 수 없는 법이다.

하얗게 질린 페페는 죽음을 향해 가는 사람처럼 날개 달린 듯 가벼운 발걸음으로 베르생제토릭스를 뒤따라갔다. 켈트인 청년의 목깃과 팔꿈치 주름, 구두에 방금 갈려 나온 금속 부스러기가 묻어 반짝거렸고, 지나치게 긴 콧수염은 저녁의 바람에 날려 거의 목덜미에 닿았다. 그가 별안간 방향을 바꿔 근처 담배 가게에 들어가는 바람에 페페와 부딪혔다. 채찍처럼 둘둘 말린 수염 가닥에 찔린 페페는 비틀거렸다.

"실례합니다, 무슈…" 베르생제토릭스가 말했다.

'내가 꿈을 꾸고 있구나.' 페페는 속으로 생각했다. '아니 어쩌면 곧 죽을지도. 그가 사과하며 나를 봤어. 그리고 한 번 더 나를 쳐다봤어… 내 무릎이 어디로 간 거지? 내 무릎은 어찌할 바를 모르는군. 그래도 나는 계

---

14 고대 로마 시대에 카이사르의 원정에 저항했던 갈리아 족장의 이름. 라틴어로 '베르킹게토릭스'라 발음하는데, 여기서는 근대 프랑스에서 별명으로 붙인 이름이므로 프랑스어식으로 표기했다.

속 걸을 거야. 그를 따라서, 난 그를…'

　그는 생각하기를 멈췄다. 베르생제토릭스가 개구쟁이처럼 활기 넘치게 몸을 돌려 그에게 미소를 지었던 것이다…

　페페가 말했다. "자는 도중에 행복한 꿈이 끝날 거라고 경고하는, 그 찌르는 듯한 고통을 느꼈어. 하지만 걸음을 멈출 수 없었지. 30분 뒤에 나는 베르생제토릭스 뒤에서 계단을 올라갔고, 아주 깨끗하고 조용한 작은 방에 들어가 앉았어. 사방이 흰색으로 보였던 걸 보면 틀림없이 모슬린 커튼이 쳐져 있었을 거야. 베르생제토릭스는 "앉으세요"라고 말하고는 유리문 너머로 갔어. 상당히 오랫동안 혼자 있었던 것 같아. 이런 일은 내게 일어난 적이 없었지. 나는 속으로 생각했어. '맙소사, 차라리 그가 날 죽였으면! 날 죽였으면!' 왜냐하면 이미 그것만큼 좋은 일은 없을 거라 생각했거든… 마침내 문이 다시 열리고 베르생제토릭스가…"

　그는 작은 두 주먹을 서로 두드렸다.

　"아니, 베르생제토릭스가 아니었어! 베르생제토릭스는 더 이상 없었어! 끔찍했지! 그는 목이 파이고 리본이 달린 여자 속옷을 입고 왔어… 그리고 머리엔 뭘 쓴 줄 아나? 그… 그… 내가 가까스로 용기를 내서 말하는

데…"

그는 침을 삼키고 구토가 올라오는 시늉을 했다.

"장미를 방울처럼 엮은 화관이었어… 장미 화관… 이 파리도 달리고… 그 아래 아름답고 부드러운 콧수염도 있었지… 불명예스러운 아름다움, 수치스러운 분장…"

그가 씁쓸하게 말을 멈췄기에 나는 물어봤다.

"그러고 나서는요, 페페? 그다음엔?"

"그다음? 아무 일도 없었지." 그가 놀라워하며 말했다. "틀림없이 내 얘기가 별로 재미없었나 보군. 그다음에 난 그곳을 나왔어… 그에게 뭔가를 주고 왔지, 탁자 위에다."

"다시 만났나요?"

"그럴 리가." 페페가 손을 마구 저었다. "상상 속에서 충분히 많이 봤어. 장미 화관을 쓴 그를. 내 평생 다시는 누가 장미 화관 어쩌고 하는 걸 듣고 싶지 않아…"

콜랭쿠르가의 신들린 여자, 양초로 점치는 여자, 타로 카드로 점을 보는 여자, 편으로 점치는 여자 등 점집을 번질나게 드나들면서 페페는 위태로운 삶을 간신히 영위했다. 체격이 건장한 금발 여자의 모습을 한 불행이 그에게 찾아올 것이라고 점쟁이들이 입을 모아 말했기 때문이다. 그들의 눈에는 그 금발 여자가 페페의

작은 몸 너머로 뚜렷하게 보였다. 그의 작고 마른 몸에
는 혹을 제외한 꼽추의 거만함, 짧은 다리를 제외한 절
름발이의 매력처럼 알 수 없는 불구의 우아함이 있어
사람들의 마음을 끌었다. 점쟁이들에게 자신이 사랑했
던 여장 남자의 혼란스러운 이미지를 보여 주는 데 질
린 페페는 사라졌다. 자신을 잊히게 내버려 뒀고, 누구
에게도 폐를 끼치지 않으며 철저히 준비한, 눈에 띄지
않고 품위 있는, 극도로 조심스러운 자살을 통해 거북
했던 삶에서 벗어났다.

'D' 그리고 여자들

　속마음을 숨기는 그들의 솜씨 옆에서는 뭐든지 불완전해 보인다. 내가 속마음을 숨겨야 했을 때, 본보기로 삼을 대상들이 바로 눈앞에 있었다. 사랑과 원한만을 위해 사용되는, 심혈을 기울인 외교술을 일상적으로 볼 수 있었다. 극도로 신중하게 행동해야만 했던 어느 청년과 그의 동성 애인이 생각난다. 그들의 관계가 한 수다스러운 여자에 의해 폭로됐고 두 사람은 상당히 불미스럽게 헤어졌다. 둘 중에서 더 상처받은 남자는 그 수다쟁이의 남편을 유혹할 여자를 찾는 데 몇 달씩이나 전념했고, 결국 크게 성공했다.

　이 목표에 골몰한 남자는 자기 자신을 잊고 이별의 슬픔을 뒷전으로 미루고는, 이것저것 조사하고 비교하고 만남을 주선하고 운명을 거슬렀다. 그가 내게 속내를 털어놓은 것은 피곤했기 때문이다. 그는 번역이라는 보람 없는 노동을 하느라 조금 시들고 홀쭉해져, 악의 없는 젊은 학자의 모습으로 나를 찾아왔다. 초록색의 커다랗고 보기 흉한 모조 영국식 안락의자의 등받이에 머리를 기대며 그는 "잠깐 쉬겠습니다"라고 말했다. 그것은 거짓말이었다. 그는 사제가 고해를 들을 때

죄의 형상을 더 잘 보기 위해 눈을 감아 죄지은 자와 자신을 분리하는 것처럼 용의주도하게 눈을 감은 것이었다.

침묵과 미소를 통해 오랫동안 확고하게 본심을 숨기는 일, 겉보기에 완전히 다른 사람이 되는 일에 비하면 장황한 거짓말쯤은 새 발의 피다. 나중에 나는 본심을 숨기는 일이 오직 어린 시절에만 어울린다는 사실을 깨달을 수 있었다. 그것은 어쩌면 곤충이 딱딱한 앞날개, 투구 같은 머리, 단단한 키틴질의 앞가슴을 만들어 내듯이, 뭔가를 만들어 표현하는 한 가지 방식이었다... 이에 대한 기억을 그저 흘려보낸다면 애석한 일일 것이다. 나는 그것을 보존하려 한다. 그것을 통해 내게는 꿰뚫어 보는 능력, 어린이와 청소년이 사용하는 탁월한 기술을 무산시키는 능력이 남았다. 이 능력 덕분에 나는 발랄한 거짓말, 서툴고도 교활한 술책을 일삼는 어린이들의 세계를 통찰하는 금지된 즐거움을 다른 어른보다 더 많이 누릴 수 있었다. 내가 그렇게 해도 어린이들은 나에게 불만을 품지 않았다. 천의 얼굴을 가진, 어리지만 강력한 나의 적수는 게임을 즐긴다. 그는 들키면 항복하고 기뻐서 얼굴을 붉히며, 내가 찌른 급소의 정확한 위치를 보여 준다...

통찰, 그것은 타인에게 상처 입히는 재능, 쾌감을 주는 재능이다! '빼앗고 돌려주는' 행위의 진행과 변동에 관한 지식에 상응하는 보상이다! 쇠퇴하는 힘은 물러가면서 반드시 주변의 동조하는 힘을 휩쓸어 가기 마련이다. "당신이 없으면 따뜻하지가 않아요." 어린 시절의 상처들을 장식처럼 매달고 선혈 한 줄기가 반짝이고 최근 얻어맞은 부위가 찌그러진 젊은 남녀들이 내게 말한다. "따뜻하게 감싸 주세요, 낫게 해 주세요!" 그들 대다수가 바로 옆에 쭈그리고 앉아 혼란스러운 머리를 내 무릎에 기대고 기다린다... 순진한 이들이여! 나는 구걸하던 그 사람들이 실은 스스로가 생명을 주는 쪽임을 깨달을까 봐 두려움에 떤다... 나를 믿었던 그들로부터 내가 무엇을 훔치고 있는지를 언젠가 자각하게 될까? 그들을 따뜻하게 감싸 주는 것만으로 내가 그들에게 할 도리를 다한 걸까? 다른 존재로부터 행복 – 내가 이해하지 못하는 이 단어를 쓰는 수밖에 없다 – 을 얻는다는 것, 그것은 곧 우리가 누군가에게 먹히기를 바랄 때 곁들여지기를 원하는 소스 같은 것이 아닐까?

양심의 가책은 늘 그렇듯이 인간 이외의 대상을 통해 온다. 짧은 생을 내게 의탁한 동물들에게 신세를 졌다는 생각이 싹트고 점점 커지는 것을 느꼈다. 내가 그들의 보호자일까? 그보다 포획자에 가깝다. 짐승들의 진정한 친구는 아마도 넌덜머리를 내며 탄식하는 사람일 것이다. "저놈의 개 때문에 피곤해! 이 고양이 좀 치워, 생각하는 데 방해된다고!" 나는 개가 귀찮아하는 줄 알면서도 장난을 친다. 개는 항상 받아 주니까. 고양이는 내가 "이리 와"라고 말하면 내키지 않아 할 때도 있지만 달려오곤 한다. 고양이는 내가 비밀스러운 통찰력, 따뜻함, 상상력, 자기 통제력을 길어 올리는 풍부한 샘이다. 새에게는 거리감을 많이 느낀다. 다만 박새는 나를 좋아하는 티를 낸다. 내 인생에서 약 2년 동안 '고양이가 없었던 시기', 불안정하고 메말랐던 시기를 기억한다. 짐승이든 어린아이든, 설득한다는 것은 약해지게 하는 것이나 다름없다. 지금 이 탁자에서 200보 떨어진 곳에 사는 네 살배기 비범한 여자아이를 안다. 이 여자아이는 매질도 번개도 말벌도 무서워하지 않고, 자기 힘과 매력에 자신이 넘쳐서 거의 통제 불가능하다. 하루가 끝나갈 무렵, 아이의 지친 아버지가 짜증을 내며 하품할 때, 젊은 어머니의 눈가에 진 보라색 그늘이 그녀의 커다란 두 눈을 더 커 보이게 할 때, 파랗게 질린 아이의 유모가 종종 나를 데리러 온다. "지독해요… 오늘 오후엔 낮잠 자기 싫다고 떼를 쓰고… 어른들은 다지쳐 쓰러지는데, **이 애**는 피망처럼 싱싱해요…" 그러면 나는 이웃집으로 올라가서 꼬마 **권력자**를 째려본다. 권력자는 나를 허수아비 취급하기는커녕 내게 웃음 짓고 인사하고 복숭아 설탕 절임이 식사에서 맡은 과장된 역할 따위를 이야기하기 시작한다. 혹은 내 차림새를 지적한다. "그 잠옷은 안 어울려요. 스커트 입을 때가 더 마음에 들어요." 아니면 프랑스의 전래 동요에 심취해 내게 노래해 준다.

오늘 아침
라고랭은
브랜디를 어마어마하게 마셔서
비틀거리네!
비틀거리네!

내 역할은 무관심한 척하면서 권력자의 변화하는 얼굴 너머로 그녀의 진짜 생각을 읽는 것이다. 이 민망한 역할에 나는 무척 능숙하다. 어째서 나는 눈길과 대화만으로 권력자의 흥분을 가라앉히고 그녀를 잠의 공격에 굴복시키는 것일까? 고분고분하게 가만히 웃는 그녀를 보면 귀리색 털에서 윤이 나며 한가롭기 짝이 없던 작은 말 한 쌍이 기억난다. 그 말들은 마구간에서 데려와 마차를 매자마자 줄과 채를 부쉈다. 다시 마차를 매고 말 주인으로부터 줄을 넘겨받아 내 손으로 몰자 말들은 그제서야 온순해져 부드럽게 달렸다. "늙은 마부의 손 같군요. 말을 재울 수도 있는 손..." 주인이 친절하게 나를 칭찬했다. 인간은 어떤 종류의 강탈을 전혀 이해하지 못한다.

하지만 언젠가는 나의 라이벌인 **권력자**의 차례가 올 것이다. 나의 새로 생긴 약점을 잠자리처럼 내려다보며 그녀가 "자... 편히 쉬세요... 주무세요."라고 중얼거리면 놀랍게도 나는 잠이 들 것이다. 아직 그 지경에 이르지는 않았다(자신만만하군!). 나는 아직 훔칠 힘이 남아 있는 만큼 허비할 힘도 남아 있다. 나와 대등한 존재들이 없었다면, 때로는 강탈하다가 때로는 퍼 주는 이중적인 활동에 싫증이 났을 것이다. 하지만 내가 주는 것들로 서둘러 자신을 가득 채워 나를 공허하고 초췌하게 만드는 사람들, 그리고 반대로 더 나쁜 경우인, 나누고 싶은 게 너무 많은 사람들 – 그들이 내놓는 소화하기 어려운 것들을 나는 곧바로 밀어낸다 – 을 멀리하면, 나와 대등한 존재들과 뛰어놀 수 있는 영역이 넓어진다. 나는 기대했던 것보다 그런 이들을 더 많이 알고 지낸다. 그들은 대개 가장 불행한 어린 시절, 두 번째 어린 시절을 헤쳐 나오는 중이다. 사랑을 시작으로, 그들은 진지함을 잃고 무엇이 치유 가능한지에 대한 올바른 관념을 얻는다. 그들은 매일 새벽부터 다음 날 새벽까지의 시간을 영리하게 관리하고, 모험적인 성향을 지녔다. 그들은 나처럼 일상적인 업무에 위험한 요소들이 있음을 알아보고, 일하던 중에 요절한 위대한 저널리스트의 말을 내가 들려줄 때 웃지 않는다. "인간은 일하기 위해 만들어지지 않았다. 일을 하면 지친다는 사실이 그 증거다." 솔직히 말하자면, 수많은 영웅들이 그랬듯이 그들은 경박하다. 그들은 온 힘을 다해 경박해졌다. 그리고 날이면 날마다 자신들의 도덕론을 퍼트려서 내가 그들을 더 잘 이해하고 그들에게 다양한 색깔을 부여할 수 있게 해 준다.

그들과 나의 공통점은 소심하다는 것이다. 우리는 서로를 필요로 한다고 감히 드러내 놓고 말하지 않는다. 이런 조심성은 우리의 행동 강령이고 나는 이를 '난파 생존자의 예의범절'이라 부른다. 돛대가 사라진 배를 타고 지대가 가파른 섬에 도착한 난파 생존자들이야말로 가장 깍듯한 동지들이 아닐까? 우정의 톱니바퀴에 세련된 예절이라는 기름을 붓는 것은 현명한 일이다. 폴리네시아 사람답게 상냥한 내 판화가 친구 D의 말을 들어 보자… 그는 전화로 엄청나게 격식을 차려 자신의 방문을 알렸고 방에 들어와 마치 구름처럼 소리도 없이 방 전체를 장악한다.

"마담 콜레트, 사과하러 왔습니다. 내일 식사를 함께 할 수 없게 됐습니다. 정말 속상하고 몹시 죄송합니다만, 제가 약속을 했기에…"

그는 수줍게 눈을 내리깔고, 그의 어깨가 창문을 다 가린다. 벽처럼 두껍고 미동이 없던 그는 상체를 움직이거나 목소리가 커지면 천장이 무너지고 유리잔들이 모조리 깨질 수도 있다는 것을 알기에 겨우 들리는 목소리로 몸짓 없이 말한다.

"약속을 하면 안 되는 거였습니다." D는 서둘러 속삭인다. "하지만 조금 예외적인 상황이었습니다… 친구가 오기로 했어요… 오랫동안 만나지 못했거든요. 무려 5년이나… 그가 떠나 있었단 애길 해야겠군요… 그에겐 골칫거리들이 있었어요. 상당히 많은 골칫거리가… 먼 곳에서 돌아올 것이고, 매우 어색해할 겁니다. 사실 그는 자기 할머니를 죽이고 토막 냈다는 혐의를 받았습니다. 상상력도 대단하지! 혐의뿐 아니라 유죄 선고까지 받았죠. 증거도 없이 그렇게… 설상가상으로 사람들은 성폭행당한 소녀에 관한 오래된 이야기를 발굴했습니다 - 발굴했다는 표현이 이 경우에 딱 들어맞습니다. 이 모든 게 제대로 해명되지 못했지요... 간단히 말해 친구는 5년 동안 외딴곳에 있었습니다. 그러니 이곳이 무척이나 낯설게 느껴지겠지요! 그래서 저는 내일 기차역으로 그를 마중 나가서 함께 식사하기로 했습니다. 이 친구에 대해 뒤에서 수군거리는 말들, 물론..."

D의 팔은 널빤지처럼 방을 둘로 나눠, 한쪽에는 "뒤에서 수군거리는 말들"을, 다른 쪽에는 감정적 진실을 둔다.

"난 그런 건 개의치 않아요. 마담 콜레트, 그를 잘 아는 제가 보증할 수 있는 건 이 친구가..."

쫙 펼친 그의 커다란 손이 훨씬 더 큰 심장이 있는 위치를 표시하며 덮는다. 연민으로 목이 메어 작아진 D의 목소리는 잎사귀처럼 살랑거린다.

"한없이 온화하고 완벽하게 섬세한 사람이란 겁니다. 우리가 식사하는 데 친구를 데려와도 될지 마담께 여쭤볼 수도 있었을 텐데, 그러지 않겠습니다..."

D는 말하는 내내 작은 유리 법선을 부드럽게 어루만지고, 소녀 같은 눈을 잠시 들어 장난스러운 시선을 보낸다.

"친구가 너무 수줍어해서요…"

나는 이 마지막 말이 진솔하다고 믿기로 한다. D의 이야기를 들으면서 그런 풋풋한 속임수에 넘어간다는 뜻은 아니다. 적어도 D 자신보다는 덜 속을 것이고, 속았다 하더라도 아주 조금일 것이다. 살인자가 얌전하고 신경이 예민하다는 얘기는 충분히 받아들일 수 있고 그리 놀랍지 않다. D의 이야기를 들을 때 내게 중요한 것은 D에 대한 나의 개인적 견해를 그가 존중한다는 점이다. 그림이나 표의 문자에는 굵은 선과 가느다란 선이 들어 있어서 이따금 꾹 눌러쓰고 배경의 얼룩을 장식적으로 활용해야 한다… 굴레를 벗어난 헤라클레스의 힘과 본능만이 내 친구 D로 하여금 공공연한 다툼이 생겼을 때 어리석은 두 사람을 성숙시켜 화해하게 만드는 것은 아니다. D처럼 사려 깊은 '폴리네시아 사람'이나 나 같은 '자연의 후예'는 하루아침에 또는 저절로 만들어지지 않는다. 우리는 먼 곳에서 왔다. D도, 나도, 우리와 비슷한 다른 이들도. 자유 의지를 소중히 여기고, 선량함보다 열정 쪽으로 기울고, 논의보다 투쟁을 선호하게 돼 있는 사람들. 이렇게 서로 잘 어울리는 자유들을 한데 모아 놓고 보면, 이러한 정신적인 자유는 과연 매혹적일까? 물론 그렇다. 그리고 더는 위험

을 무릅쓰지 않는다는 위험만 제외하면, 어떠한 위험
도 없다.

그러나 이러한 유사성과 공통점을 기뻐하기가 무
섭게 환희는 끝나고 불안한 기운에 휩싸인다. 그것은
불길한 생명이 넘치는 초상화들, 색칠된 얼굴들, 명작
들로 가득한 미술관에 퍼져 있는 것과 비슷한 불안함
이다. 너무 달콤한 것은 내 곁에서 치워라! 내 삶의 마
지막 3분의 1을 위해 말끔한 장소를 마련해서 내가 편
애하는 날것의 감정, 사랑을 그곳에 둘 수 있게 해 다오.
오직 그것을 내 앞에 두고 호흡하고 손으로 만지고 이
로 물어봄으로써 내 얼굴에 생기가 돈다.

그렇다면 사랑과 나 사이에 무엇이 바뀌었을까? 아
무것도 바뀌지 않았다. 나도, 사랑도. 사랑에서 유래한
모든 것이 여전히 사랑의 색깔을 띠고 사랑의 감정을
일으킨다. 그런데 내가 설마 사랑 옆에서 검은 카네이
션처럼 피어나는 질투를 너무 일찍 뿌리 뽑아 버린 걸
까? 질투, 저열한 염탐, 밤과 나체의 시간을 위해 남겨
둔 취조, 의례적인 가혹한 말들, 나는 일상에 활력을 주
는 이 모든 것에 너무 일찍 안녕을 고한 걸까? 질투하
는 사람은 지루해할 시간이 없다. 과연 나이 먹을 시간
은 있을까? 내 성질 고약한 할머니는 - 다른 할머니는

온순했으므로 이렇게 두 분을 구분했다 – 예순이 넘어서도 할아버지를 미행해 밀회 장소의 문 앞에서 그를 기다렸다. 그 사실을 알고 충격을 받은 어머니에게 질투에 빠진 프로방스 출신의 할머니는 의기양양하게 한 수 가르쳤다. "자, 내 딸아... 우리를 속이려는 남자는 더 작은 구멍으로도 빠져나가는 법이란다!"

할머니는 초록빛 눈동자 위로 붉은빛의 눈썹이 낮게 깔렸고, 검은 태피터 재질의 커다란 치마를 입고 뚱뚱한 육체의 위용을 자랑했으며, 죽음이 얼마 남지 않은 가운데서도 거리낌 없이 사랑을 친밀하게 대하면서 동시에 의심의 대상으로 삼았다. 나는 그녀가 틀리지 않았다고 생각한다. 오직 질투만이 우리에게 허락하는 명료한 몸짓들, 커다랗고 매혹적인 몸짓들을 자신에게 너무 일찍 금지하지 않는 게 바람직하다. 살의를 품은 능숙하고 커다란 몸짓들, 그 몸짓들은 빈틈없이 미리 계획되고 머릿속에서 훌륭하게 수행되는 바람에 그것을 실제로 행하는 잘못을 저지르면 생기를 잃고 만다.

어떤 일이 일어날 수 있는지, 어떤 일이 일어날지 예견하고 생각해 내는 여성의 날카로운 능력을 남자들은 잘 모른다. 여자는 자신이 어쩌면 저지를 수도 있는 범죄를 속속들이 알고 있다. 이렇게 표현해도 된다면, 플라토닉한 상태를 유지할 때, 사랑으로 인한 질투는 우리에게 꿰뚫어 보는 능력을 일깨우고 모든 감각을 긴장시키고 자기 통제력을 강화한다. 그러나 사랑에 못 이겨 저지른 자신의 범죄에 실망하지 않은 여자가 어디 있을까? "계획할 땐 이보다 아름다웠는데. 카펫에 묻은 피는 항상 이렇게 검고 칙칙할까? 그리고 이 알 수 없는 불만족스러움은 뭐지? 저 못마땅한 표정으로 잠든 얼굴은? 이게 죽음일까, 진짜 죽음일까?"

그녀는 자신의 중대한 범죄를 마음속에 품고 있을 때를 더 좋아했다. 그때 그것은 거칠고 생기 있었으며, 세세한 모든 측면이 완성되어 있어 출산 직전의 아기처럼 현실로 뛰어들 준비가 돼 있었다. "하지만 현실이 그토록 필요했던 건 아니야. 현실은 그것을 낡고 되풀이되는 지겨운 일로 만들어 버려. 이제 곧 나의 가장 큰 고통의 시간이 올 거야. 나의 크나큰 고통, 내가 아직 상상하지 못한 뜻밖의 일, 재앙이나 기적을 위해 내가 날마다 새로운 배경을 마련하는 시간... 나의 크나큰 고통을 오로지 평화와 맞바꾸고 싶었어. 만약 내가 실수한 거라면 이제 어떻게 될까?" 살인은 언제나 어리석은 자의 거래임을 그녀는 꿰뚫어 보고 있다. 하지만 완고한 그녀는 이 사실을 마지못해 받아들이고, 사실은 시작에 불과한 것을 끝이라고 생각한다. 그때부터 그녀는 겸허히 받아들이는 수밖에 없다. 세상에는 죽어 본 사람과 죽여 보지 않은 사람, 두 부류의 사람이 있다는 것을.

나도 질투에 깊이 빠져 그 한가운데에 머무르며 오랫동안 질투에 관해 공상한 적이 있다. 숨 막히는 체류는 아니었다. 다들 그러듯이 예전에 글을 쓰면서 나도 질투를 지옥에 비유한 적이 있지만, 지옥이란 말은 시적 표현으로 생각해 주기를 바란다. 질투는 모든 감각을 차례로 단련하는 곳, 체육관의 음울함을 지닌, 훈련생의 연옥에 가깝다. 물론 내가 말하는 질투란 정당한 이유가 있고 떳떳하게 밝힐 수 있는 질투이지 집착이 아니다. 연마된 청각, 뛰어난 시각, 민첩하고 소리 없는 발걸음, 머리카락, 향기로운 분가루, 경박하게 기뻐하는 사람이 지나가면서 공기 중에 흩뜨린 입자들을 향해 뻗은 후각, 이 모든 것은 병사들의 야외 훈련과 밀렵 기술을 강하게 연상시킨다. 온몸으로 경계하는 사람은 몸이 가벼워지고 몽유병자처럼 자유롭게 움직이며 거의 넘어지지 않는다. 게다가 그런 몸은 영양분을 충분히 섭취하고 마약을 멀리하는, 질투에 빠진 사람의 특별하고 철저한 위생을 지킨다면, 보통의 전염병에 걸리는 일마저 피한다고 나는 단언한다. 나머지 측면들은 각자의 개성에 따라 1인 스포츠처럼 지루하거나 도박처럼 부도덕하다. 나머지는 이겼든 졌든 일련의 내기(특히 이긴 내기)와 같다. "내가 뭐라고 했어? 그이가 같은 찻집에서 매일 그 여자를 만났다고 내가 그랬잖아. 틀림없었다고!" 나머지는 경기다. 미모, 건강, 고집, 심지어 외설스러움의 시합... 나머지는 희망이다...

죽이고 싶은 갈망에까지 이르러야 질투가 훈련되는 것은 아니다. 고무줄처럼 잡아당겨지고 한순간 느슨해졌다가 다시 팽팽해지는, 이 피할 수 없는 갈망은 연습이 된다는 장점을 지닌다. 육체적 욕망에 가려 어두워지는 시간들을 제외하면, 속았고 이용당했다고 소리치고 굶주린 척할 준비가 항상 되어 있는 질투라는 악이 인간이 살아가고 일하는 것, 심지어 정직한 사람처럼 행동하는 것조차 가로막는다는 주장을 나는 인정하지 않는다. 하지만 조금 전에 나는 조심성 없이 "질투에 깊이 빠진다"는 표현을 썼다. 질투는 전혀 저급하지 않지만, 처음부터 겸손하고 고개 숙인 우리 모습을 목격할 수 있게 한다. 질투는 우리가 결코 익숙해지지 않으면서 견뎌 내는 유일한 고통이기 때문이다. 여기서 나는 나의 가장 충실한 기억들을 불러온다. 충실한 기억이란 밤바람, 이끼로 뒤덮인 벤치, 멀리서 개 짖는 소리, 벽이나 드레스에 비친 불빛과 그림자의 춤처럼 여분의 소품을 요구하지 않는 기억들을 뜻한다. 주변을 물들이는 힘이 강한 질투는 그것이 만나는 모든 대상에 강렬하고 선명한 색상을 불어넣는다. 이를테면 내가 관능의 순간을 되살리고 싶을 때('그렇게 나는 애무받았고, 그렇게 나도 애무했지, 그래, 그렇게, 그렇게...'), 질투의 아이러니한 기운이 이미 지나가 버려 적절한 시기를 놓친 일을 감추고 왜곡한다.

하지만 한 가지 모양으로 고정된 달이 내 명령에 의해 하늘의 제자리에 뜨고, 창문의 썩어 가는 손잡이가 30년 전처럼 내 손톱 아래에서 바스러지고, 죽은 나뭇잎을 꿰어 허공에서 휘두르는 가느다란 잡초들이 가득한 초록 들판 위에서 달과 손잡이가 질투의 방패를 만들어 낸다... 둥글게 차올랐다가 점점 이지러지는 납작한 달, 벌레 먹은 오래된 나뭇가지, 다양한 비유들, 열렬하고 헛되게 경쟁해 차지한 재산에서 남은 것은 이게 전부인가? 아니다. 나에게는 쓰라린 격정 없이 질투에 관해 사고하는 능력 또한 남았고, 질투라는 낱말을 들어도 먼 음악 소리 같은 거대한 벌떼의 윙윙거림으로 들릴 뿐이다. 이것이 바로 무해하며 막연하고 중요한 보상 중 하나다. 양피지에 '학위'라는 커다란 글자가 제자리에 명예롭게 새겨진 증서인 셈이다. 누가 그 아래의 작고 복잡한 필기체 글자들, 응접실의 그늘 속에서 희미해진 글을 판독할 생각이나 할까?

다들 그렇듯 나 역시 여자 한 명, 두 명, 세 명쯤의 죽음보다 더한 것을 바란 적이 있다... 내가 말하는 것은 건강한 사람들에게 저주를 걸었을 때 저주하는 자를 비롯해 아무도 심하게 해치지 않는 저주다. 저주가 끝나면 그들은 일시적이며 막연한 불안과 무기력을, 손가락으로 어깨를 누르는 것만큼 뚜렷한 작은 충격 따위를 느낀다. 하지만 이것들은 증오뿐 아니라 사랑을 실어 보낸 신호들이므로 완벽하게 무해하다고 보장할 수는 없다...

나는 질투가 제법 타올랐던 시기에 나 스스로 위험을 무릅썼던 적이 있다. 행복하다는 확신이 거의 없었던 한 경쟁자가 나를 강하게 의식했고, 나 역시 그녀를 몹시 의식했다. 하지만 경솔하게도 나는 집중을 요구하는 글쓰기로 돌아갔고, 일상 속의 대립과 은밀한 도전이라는 나의 다른 임무를 저버리고 말았다. 요약하자면 나는 서너 달 후에야 다시 그녀를 저주하기 시작한 반면에, 마담 X는 나를 향한 저주에 날마다 기나긴 여유 시간을 할애했던 것이다. 우선 나는 트로카데로 광장에서 구덩이에 빠졌고, 기관지염에 걸렸다. 그러고 나서 복사본이 없었던 원고 마지막 부분을 출판사로 가져가는 길에 지하철에서 잃어버리기도 했다. 그다음에는 내가 거슬러 달라고 내민 100프랑짜리 지폐를 택시 기사가 그냥 가져가 버려서 비 내리는 밤에 단 한 푼도 없이 혼자 남겨졌다. 그리고 내 터키쉬앙고라 새끼 고양이 세 마리가 정체 모를 전염병에 걸려 목숨을 잃었다...

잇따른 불운을 끝내는 데에는 내가 변명의 여지가 없는 무관심에서 깨어나 다시 마담 X와 비슷한 수준의 정신적 저주를 주고받는 것으로 충분했다. 그렇게 우리는 서로에 대한 심한 몰이해 속에서 살았다. 우리를 연결했던 끈이 낡아 해지고, 우리 사이의 공간이 사악한 광선의 경로, 공명하는 파동을 만들어 내는 하프, 징후들이 별처럼 매달려 박힌 하늘이기를 멈출 때까지... 그 시절을 후회한 것은 나 혼자만이 아니었다. 우리는 근원적인 반감 없이 서로 싸웠던 것이다. 존경할 만한 적에게 시간은 보상을 해 준다. 나의 석은 적이기를 멈추자마자 우리 둘만 재미있어할 법한 일화들을 유쾌하게 말해 주었다.

"내가 그쪽을 죽이려고 랑부예에 갔던 날…"

이어진 이야기는 명랑하고 익살스러웠다. 마담 X
는 기차를 놓쳤고, 열차가 고장 났고, 금색 망사 핸드백
바닥이 찢어져 랑부예의 거리 위에 경망스럽게 권총을
쏟아 냈으며, 뜻밖에 아는 사람들을 만났는데, 한 친구
가 그녀의 청록색 눈에서 살의를 읽고서 다정한 외교
적 수완을 발휘해 그녀의 마음을 돌렸다…

마담 X가 외쳤다. "랑부예에서 그쪽과 나 사이에 우
연히 세워진 자질구레한 장벽들을 모두 세어 봐요! 그
것들이 하늘의 뜻임을 부정할 수 있겠어요?"

"부정하다니 어림도 없죠! 특히 그중 하나를 빼놓으
면 후회할 것 같아요."

"어느 건가요?"

"제가 그때 랑부예에 없었다는 사실이요. 그해엔 랑
부예에 발도 들이지 않았는걸요."

"랑부예에 없었다고요?"

"없었답니다."

"그게 결정적이군요!"

이유는 알 수 없지만, 이 사실은 내 눈을 취조하듯
이 바라보는 그녀의 청록색 눈 속에서 오래전의 앙심
을 조금 되살렸다. 하지만 눈빛이 잠깐 번뜩이고 말았

을 뿐이다. 우리는 차분한 발언에 비해 지나치게 도전적인 어조로, 맹렬한 반박으로 서로를 당황하게 하려고 부질없이 애썼고 아직까지도 여전히 애쓰지만, 이윽고 따뜻한 우정을 회복한다. 우리 두 사람을 연결하는 질긴 끈이었던 젊은 시절의 증오는 더 이상 서로를 묶어 놓지 못한다.

금발의 이 아름다운 여자, 나와 같은 부드러운 밤색 머리카락의 여자, 그리고 또 다른 이런저런 여자들과 나는 남자 몰래, 혹은 남자를 통해 위협을 주고받는 일을 멈췄다. 이 맹렬한 위협과 거울에서 거울로 반사하듯 끊임없이 서로 받아치는 저주, 남자까지도 해쳤던 지칠 줄 모르는 에너지를 다시는 주고받지 않을 것이다.. "무슨 생각하나?" 그가 그녀들에게 말했다. 그녀들은 나를 생각하고 있었다. "대체 어디 있는 겁니까? 달에 있어요?" 그가 내게 물었다. 나는 내가 보이지 않아 불안해하던 어느 여자 곁에 있었다. 그녀들과 나, 우리에게는 부족한 게 없었다. 우리에게는 모든 종류의 근심거리가 있었다.

그녀들과 나 사이의 중립적인 영역에서 '남자'는 심판이라기보다 승자에게 주어질 상으로 군림했다. '남자'들은 그런 미묘한 경기를 좋아하지 않고, 의욕적으로 대결하는 두 여자의 분노를 두려워한다. 하지만 경기란 아무리 무시무시한 것이라해도 열정보다 더 많은 것을 필요로 한다. 경기는 스포츠 정신을 요구하고, 사나운 분위기 속에서도 양쪽의 기질이 동등하기를 요구한다. 나는 스포츠 정신이 전혀 없다. 그래서 경기 규칙이 유연하다면, 반칙 또는 위반으로 여기지 않을 만큼의 환상과 방어를 스스로에게 금하지 않았다. 나는 딱 한 가지의 진짜 반칙을 저질렀는데, 그것을 반복했고 벌을 받았다. 그래야 마땅한 일이었다. 사람들이 말하길, 배(船)도 내주지 말고 새도 주지 말아야 한다. 나는 이렇게 덧붙이려 한다. 남자도 주지 말라고. 일단 그가 아무리 우리의 목숨이나 경전을 앞에 두고 맹세하더라도, 남자는 결코 우리의 소유물이 아니기 때문이다. 만약에 남자가 기꺼이 우리 소유가 되어 주더라도, 남자의 본성은 우리를 영원히 용서하지 않을 것이다. 그리고 남자가 자신을 소유해서 기뻐하는 수혜자를 용서하는 일은 드물기 때문에, 그는 자기 자신을 포기함으로써 다시 한번 모든 것을 망쳐 놨음을 발견하게 된다.

　내가 그랬듯이 원래 목표였던 사랑의 힘을 다른 방향으로 돌려, 어떤 것이라도 좋으니 고행의 환희나 평등주의적 광기를 위해 사용하라. 그러면 커플로서의 정당한 이기주의적 감정과 질투라는 노기등등한 커다란 꽃의 가시들이 동시에 떨어지는 모습을 볼 것이다.

고해를 듣는 사제라면 포기하기로 서로 동의하는 일, 침대에서의 권력을 넘겨주는 일에 대해 어떻게 생각할까? 나는 속내를 털어놓을 만한 권위 있는 사람이 주변에 있었던 적은 없지만, 사제가 어떻게 대답할지는 확신한다. 그 사제도 나와 마찬가지로, 부부들이 서로를 향한 관대함에서 보여 주는 애매모호한 태도보다도 더 나쁜, 위선적인 가족 개념과 석연치 않은 보호와 평화의 역겨운 분위기가 풍긴다고 생각할 것이다. 아무런 열의도 없이 인간은 살 수 있을까? 그건 악하게 사는 것보다 나을 게 없다. 차라리 악하게 살면 잃을 것도 없다.

용서하는 데 얼마나 많은 시간이 허비되는가? 그중에서도 가장 어리석은 일은 문학에서 '사랑의 삼각형'이라고 명명한 것이다. 이것의 충격적인 변주들은 우유부단한 폴리가미[1] 족들을 일찍부터 낙담하게 했다. 아무리 타락하고 어리석은 여자라 해도 일 더하기 일이 삼이라고 믿게 할 수는 없지 않은가? 도덕관념에 구애받지 않지만 명석한 한 여자는, 냉정한 관찰자로서,

1   일부일처제 이외에 다수의 배우자를 인정하는 관계를 가리킨다.

육체관계로 맺어진 세 사람 중 한 명은 반드시 배신당하며 대체로는 두 명이 배신당한다고 단언했다. 나는 번번이 배신당하는 쪽이 닫힌 방 안의 가부장 - 은밀한 모르몬교 교인 - 이라고 생각하기를 좋아한다. 그는 파샤[2]만큼은 아니지만 호화롭게 살며 전통적으로 도발하는 역할을 했기에 배신당할 만하다.

남자가 부당하게 엮어 놓은 두 여자 중 한 명이 성격이 강인한 편이어서 더 약한 쪽을 위해 그녀들의 얼굴과 얼굴을 맞대게 한(입술과 입술까지는 아니더라도) 원래 목적에서 발을 뺀다면, 자기가 파 놓은, 오직 쾌락뿐이기에 조잡한 함정에 빠지는 것은 바로 그 남자 자신이다. 약한 여자는 강한 여자에게 보통 자신을 내맡기고 마음을 열고 다정하게 다가올 것을 요구하며 상대에게 순결과 완전한 믿음을 바친다. "날 믿어요. 당신에게 더는 숨길 게 없어진 순간부터 나는 내가 순수하다고 느껴요. 난 이제 당신 편이지 더는 당신의 사냥감이 아니랍니다..."

이런 식으로 짝지어진 여자들은 생각보다 드물지 않다. 하지만 랑골렌의 여인들이 갔던 천상의 길을 알지 못한 채 좁은 터널을 통과했기에 자신들의 결합을

---

2 옛날에 터키에서 고위 관료나 군인에게 줬던 칭호

비밀로 하기를 선호한다. 그들은 남들에게 알리지 않을 자유가 있다. 그렇게 서로에게 속한 한 쌍의 커플 중 한 명이 얼마 전에 죽었다. 고인의 반려자는 글자 그대로 '불이 꺼졌다'. 그녀는 서두르지 않았고 끝을 재촉하지 않았으며, 영원히 다시 만날 수 없는 사람을 찾지 않았고, 갈망한 적이 없는 것을 찾지 않았다. 그것에 관해 그녀는 아주 힘겹게 설명했다. "아니, 그녀는 딸 같지 않았어. 진짜 모녀라 해도, 잠깐이라도 모든 적의에서 벗어나는 게 과연 가능할까? 아니, 애인 같지도 않았어. 나는 그녀가 예쁘다는 사실도, 우리가 한 남자의 점점 깊어지는 무관심 속에서 그 남자의 존재에도 불구하고 함께했다는 것조차도 잊어버렸거든. 우리의 무한한 세계는 그토록 순수해서, 죽음은 생각지도 않았어…"

그녀의 입에서 '순수pur'라는 낱말이 나올 때, 나는 짧은 떨림과 애처로운 u, 투명한 얼음 같은 r의 소리를 들었다. 그 소리가 내 안에 불러일으킨 것은 오직 그것의 독특한 공명, 솟아나고 떨어져 나가며 보이지 않는 물과 합류하는 물방울의 메아리를 다시 듣고 싶은 욕구뿐이었다. '순수'라는 말은 내게 이해할 수 있는 의미를 드러낸 적이 없다. 나는 그 말을 연상시키는 기포, 깊은 물, 조밀한 크리스털 속의 닿을 수 없게 자리 잡은 상상의 장소처럼 투명한 사물들을 통해 순수함에 대한 시각적 갈증을 해소할 따름이다.

사람들은 《순수와 비순수》가 나의 가장 훌륭한 작품임을 언젠가 알게 될 것이다

- 시도니 가브리엘 콜레트

소용돌이 또는 거품

역자 후기 • 권예리(번역가)

시도니 가브리엘 콜레트(1873~1954)는 20대에 장편 소설 《학교에서의 클로딘Claudine à l'école》을 시작으로 80대 초반에 세상을 떠날 때까지 왕성하게 글을 썼다. 스무 편이 넘는 장편 소설, 수십 편의 중 · 단편 소설, 에세이, 저널리즘, 희곡, 평론 등. 고정관념과 일반론을 극도로 싫어했던 그는 사회적 관습이나 타인의 시선에 아랑곳하지 않고 온몸을 던져 살고 사랑했으며 삶을 글에 녹여 냈다.

《순수와 비순수》는 콜레트가 50대 후반인 1930~1931년에 써서 1932년에 《이 쾌락들…》이라는 제목으로 발표했고 70세에 가까워진 1941년에 최종 형태로 다듬은 작품이다. 여러 번의 연애와 결혼 생활을 끝내고, 마침내 조용히 곁을 지켜 주게 될 평생의 동반자 모리스 구드케와 안정적인 관계에 들어선 때였다. 첫 남편 윌리의 대필 작가들과 '글 공장'에서 보낸 20대 시절과 별거 후 경제적으로 자립하기 위해 뮤직홀 배우로 활동하며 작가로 성장했던 30대에 교류했던 별난 인물들의 이야 기를 인생의 황혼기에 이르러 하나의 작품으로 엮었던 것이다. 작품 속에서 작가는 "관능에 관한 인류의 보물 같은 지식에 내가 개인적으로 기여하고 싶어" 이 책을 썼다고 밝혔다.

화자는 소설가이며 저널리스트인 '콜레트', 즉 작가 자신이고 등장하는 이는 모두 실존 인물이다. 화자가 인물들을 면밀히 관찰하고 쾌락에 관해 대화하며 회상 하는 일화들로 구성되어 있다. 콜레트는 카사노바, 남 장 여자, 동성애자 등 주류 사회가 별종으로 여기는 사 람들이 쾌락과 관능에 대해 갖고 있는 생각과 편견, 어 릴 적 경험이 쾌락을 대하는 태도에 미친 영향을 날카 롭게 파고들어 분석한다.

이 작품을 성적 욕망, 여성의 동성애, 남성의 동성 애, 양성성, 여성의 질투에 관한 내용이라고 요약해서 말할 수도 있을 것이다. 실제로《순수와 비순수》는 대 표적인 LGBT 문학 작품으로 꼽힌다. 하지만 콜레트가

펼쳐 보인 이야기들은 단지 동성애나 욕정의 문제뿐
아니라 인간관계 전반으로 확장된다. 겉으로 강한 척
하지만 속마음은 여리고 상처받은 사람들, 어린 시절
의 상실과 결핍 때문에 특정한 사물이나 행위에 집착
하고, 추구하는 것을 끝내 얻지 못하고, 베풀기만 하고
돌려받지 못하거나, 받기만 하고 베풀 줄 모르고, 감정
적으로 착취하고 착취당하고, 본모습을 숨기고 살아가
는 외롭고 소외된 영혼들. 이들이 겪은 상처와 감정, 미
묘한 심리 변화는 우리가 인간관계 속에서 날마다 겪
는 현상과 다를 바가 없다.

　"사람들은 《순수와 비순수》가 나의 가장 훌륭한 작
품임을 언젠가 알게 될 것이다."라고 콜레트는 말했다.
하지만 콜레트 특유의 대담하고 자유로운 성과 사랑
관념, 투명하고 감각적인 언어, 자연과의 깊은 교감과
생명력을 좋아하는 독자에게도 이 작품은 난해하다고
알려져 있다. 무수히 많은 말줄임표는 무언가를 말하
고 싶으면서도 머뭇거리는 인상, 회피하는 인상을 준
다. 서술이 직설적이지 않아 모호하게 스치고 지나갈
때가 많으며, 의도를 파악하기 어려운 작가의 혼잣말
같은 문장들도 불쑥불쑥 나타난다.

이 작품은 말하고자 하는 바를 정해 두고 그 근거들을 논리적으로 쌓아 결론을 향해 치닫는 구조가 아니라서 더욱 이해하기 어렵다. 쾌락을 둘러싼 다양한 양상을 분석하며 나열하다 보니 때로는 각각의 이야기들이 상충되고 모순된다. 내용에도, 형식에도 제약이 없고, 소설인지 에세이인지 회고록인지도 불분명한데 이런 제약 없음과 장르의 모호함은 도리어 틀을 깨는 매력이 있다. 게다가 마지막 페이지에서 콜레트는 "'순수'라는 말은 내게 이해할 수 있는 의미를 드러낸 적이 없다."라고 쓴다. 이는 진정으로 순수한 관계란 존재하지 않는다는 뜻이라는 해석도 있다. 작가는 순수가 무엇인지 직접 결론짓기보다 현실 세계의 이모저모를 보여 줄 뿐이다.

콜레트의 제약 없는 서술은 100년 전으로 거슬러 올라가 바다 건너 영국의 이야기를 끌어온다. 그는 엘리너 버틀러의 일기를 토대로 50여 년 동안 생을 함께한 두 여인의 삶을 재구성한다. 직접 만나지 못한 취재 대상의 삶을 생생하게 되살린 이 부분은 작가의 상상이 가미되어 다분히 문학적이며, 다른 시대, 다른 공간에 살았던 동성 커플의 동시대와 비슷하면서도 색다른 면면을 살펴보는 기회다.

집필 도중에 콜레트는 이것은 소설이 아니고 "소용돌이" 또는 "거품"이라 부를 수 있겠다고 편지에 언급한 적이 있다. 그러나 "나는 엘리너 버틀러의 일기에서 이 대목, 저 대목을 골라 번역하고, 순서를 바꾸기도 한다. 이에 대해 전혀 용서를 구하지 않겠다."는 고백에서도 드러나듯이 이 작품은 실존 인물과 실제 사건을 서술하지만 개별 사실의 진위가 아니라 사태를 관통하는 진실을 포착하기 위해 작가의 관점에서 각색되었다. 따라서 이는 문학이며 넓은 의미의 소설로 볼 수 있다.

특히 이 작품에도 나오는 1인칭 화자 '콜레트'는 콜레트의 소설에 자주 등장한다. 20세기 소설이 한편에서는 객관적이고 전지적이며 모습을 완벽히 가린 서술자를 추구하는 경향을 보였다면, 콜레트는 지극히 인간적인 1인칭 화자를 전면에 내세웠다. 이 화자는 절대로 익명성 뒤에 숨지 않으며, 모든 서술이 화자의 주관적 프리즘을 통과한다는 사실을 독자로 하여금 의식하게 한다. 화자가 보고 듣고 어쩌면 상상한 것만이 독자에게 전달된다는 사실을.

이를테면 도입부에 등장한 샤를로트는 상대에게 만족감과 행복을 주기 위해 자신의 쾌락을 거짓으로 꾸며내는 인물 유형을 대표한다. 그런데 이 부분은 샤를로트의 초상인 동시에 화자가 샤를로트에게 동경심을 품었다가 이후의 만남과 대화에서 서로의 기대와 다른 면을 발견하고 샤를로트의 마음이 닫히는 과정을 찬찬히 그려 낸다. 아이다운 면모와 상스럽고 음탕한 어른의 모습을 동시에 갖춘 동성애자 르네 비비앵의 이야기에서는 화자가 처음에는 르네를 어려워하다가 서서히 마음을 여는 모습을 엿볼 수 있다. 서술 대상인 주인공만큼이나 화자와 주인공의 관계가 중요하고, 화자의 존재가 큰 비중을 차지하는 것이다.

한편 구체적이며 독창적인 묘사와 비유 또한 콜레트 작품의 매력이다. 감상에 빠지지 않으면서 매 순간 진부하지 않은 비유를 생각해 내는 솜씨를 발휘한다. "여자들은 순식간에 몽유병자가 되어 그를 향해 고집스럽게 달려들었고, 미처 보지 못한 가구에 부딪혀 아파하듯이 그에게 상처 입었다."라든지, "여과되지 않은

풍부한 포도즙 표면에 놓인 듯 출렁거리는 진실"이라
든지. 오감에 호소하는 이런 풍성한 표현들은 별것 아
닌 일상적인 대화나 상황에도 생기를 불어넣는다. 콜
레트의 프랑스어 원문은 자주 쓰이지 않는 어휘들을
적절하게 구사해 사물이나 개념의 미세한 차이를 정확
하게 드러내기로 유명하다. 그래서 번역하느라 머리를
싸매면서도 줄곧 감탄하며 읽어 나갔다. 콜레트의 생
동하는 언어를 우리말로 온전히 옮길 수 없어 아쉽지
만, 번역문에서 원문의 향취가 조금은 배어나기를 기
대한다.

문학의 독자라면 "이 땅의 모든 신비로운 것을 눈에
담아 두"려 했고(《방랑하는 여인》), 인간을 이해하려 애
썼으며 진지한 시선으로 삶의 진실을 탐구했던 작가,
날카로운 통찰을 감각적 문체와 자기만의 방식으로 표
현한 콜레트의 이 독특한 작품을 마음껏 누릴 수 있으
리라 믿는다.

옮긴이 **권예리**

어려서부터 글자로 적힌 모든 것을 좋아했고, 외국어가 열어 주는 낯선 세계에 빠져들었다. 『기억의 틈』, 『죽음의 춤』, 『심야 이동도서관』, 『나만의 바다』, 『우주』, 『재난의 세계사』 등을 프랑스어와 영어에서 우리말로 옮겼다.

순수와 비순수
시도니 가브리엘 콜레트

1판 1쇄 2021년 6월 22일

지은이	시도니 가브리엘 콜레트
옮긴이	권예리
펴낸이	신승엽
편집	박상미
사진•디자인	신승엽

펴낸곳	1984Books (일구팔사북스)
주소	경기도 파주시 경의로 1010 월드스테이 909호
전자우편	1984books.on@gmail.com
대표전화	010.3099.5973
팩스	0303.3447.5973
SNS	www.instagram.com/livingin1984
ISBN	ISBN 979-11-90533-04-1 03860

1984BOOKS